多和田葉子の〈演劇〉を読む

切り拓かれる未踏の地平

カバー写真：ハイナー・ミュラーの墓前の多和田葉子
撮影：Elena Giannoulis

多和田葉子の〈演劇〉を読む

切り拓かれる未踏の地平

谷川道子＋谷口幸代 編

多和田葉子

渋革まろん
川口智子
高瀬アキ
松永美穂
小松原由理
小山ゆうな
山口裕之

論創社

序

多和田葉子、〈世界劇場〉という未踏の地平へ

谷川道子

1 ……「国境を越えたサーガ三部作」

「国境を越えたサーガ三部作」の第一部『地球にちりばめられて』（二〇一八年、講談社）に続く、第二部『星に仄めかされて』が二〇二〇年五月に刊行された。月刊誌「群像」に四年越しで連載の時にはまだ読み取れなかったスケールが、星座標のように浮かび上がってきた感じだ。これこそ現代の〈世界劇場〉ではないか。

シェイクスピアの名台詞「世界は舞台、人はみな役者」に象徴されるあのエリザベス朝やバロックの演劇への比喩をも超えて、ハイデガーの「世界劇場論」も思い合わされる。もちろんこれは演劇ではなく「サーガ」、北欧中世の散文叙事詩の形を借りた三部作になる予定の小説なのだが、初期イプセンの傑作放浪詩劇『ペール・ギュント』や、ロシア革命一周年記念に上演された作マヤコフスキー、演出メイエルホリドの『ミステリヤ・ブッフ』、そしてロシア革命百周年を期した二〇一七年のシアターX《カイ》での多和田葉子＋高瀬アキの「愉快な晩秋のカバレット二〇一七」『マヤコフスキー』も思い重ねられるような、多和田文学の集大成かという思いも浮かぶ。そもそも多和田の文学営為そのものが〈演劇〉なのではないだろうか。それが〈世界劇場〉という地平へと挑もうとしていると。

この三部作は、設定は『献灯使』（二〇一七年、講談社）も受けるかのように、留学中に「母国の島国」が消滅してしまった女性Ｈｉｒｕｋｏ――日本神話でイザナギとイザナミ二神の間に生まれた第一の子で、三歳になっても足が立たないので舟に乗せて流されたという蛭子《ひるこ》、中世以降に恵比寿信仰に結びついて尊崇された、という因縁のある名前らしい――が、留学中のデンマークで移民として生き延びていくために、「英語だけだと保険制度の未発達なアメリカに強制的に送られてしまうから」、スカンディナビアの人なら聞けばだいたい意味が分かる人工語〈パンスカ〉を「自分で作っちゃった」ら、「自分が生まれ育った国が存在しなくなった人ばかりを集めたＴＶ番組」に招かれたことを契機に、見知らぬ人たちとの輪が繋がって流離《さすら》っていく。

いつもながら、多和田自身の体験や思索と不即不離、虚実皮膜で、さまざまな境界が揺らぎ、国籍・言語・ジェンダー等々が壁ぬけする。各章は「第一章　クヌートは語る」「第二章　Ｈｉｒｕｋｏは語る」といった構成になっているが、誰が何語でどう話しているのか、すべては〈翻訳語〉で、人間以外も、動物以外も話すから、『オルフォイスあるいはイザナギ』では花々や波や蛇も語るような、いわば森羅万象を通じていく〈多和田語〉の独壇場である。『動物たちのバベル』や熊のしゃべる『雪の練習生』なども同様で、〈分かりあう〉とはどういうことなのか。実際の翻訳や上演の際はどういう工夫や遊び、知恵・才覚が可能なのか。考えざるを得ない。それぞれ異なるであろう各上演や各翻訳の記録も、それゆえにこそ貴重で重要なのだ。

第二部『星に仄めかされて』でＨｉｒｕｋｏが出会うもう一人の日本人Ｓｕｓａｎｏｏは――イザナギとイザナミ二神の息子で、アマテラス大神の弟――、失語症かと疑われて皆の心配や世話を受けるが……。母語とは何か、国籍とは、神話とは、アイデンティティとは、が問われる〈言語小説〉、〈移民越境譚〉とも呼ばれていて、この先の第三部がどう展開するかが楽しみでもあるが、まずは多和田文学の面目躍如だ。本書に初邦訳が掲載される戯曲『オルフォイスあるいはイザナギ―黄泉の国からの帰還』とも思考は繋がり拓がっていくだろうか。ユニークで不思議な東西神話のクロスではある。

2……………………コロナ禍と多和田葉子劇場

折しも二〇二〇年に入って、予想もしなかったような〈コロナ・パンデミック〉が世界を、地球を襲っている。日々新聞やＴＶを見ると、三月の初頭のコロナ感染者は世界で一〇万人、一千人を超えた国としては中国、韓国、イラン、イタリア、次いで日本が入った。五月初頭には世界の感染者数は四〇三万人、死者二八万人。六月には全世界の感染者は一千万人を、死亡者が五〇万人を超え、すでに一〇万人を数えたアメリカやブラジルや、その他世界中でも急増中、ついに九月には世界で感染者は三千二〇〇万人、死亡者は一〇〇万人を超えた。その世界での数と自らの位置の毎日の確認も大変だ。生命圏と政財圏と文化圏が抗いあう惨状と主役級の各国指導者の対応ぶりもまさにそれぞれで、刻々変化する〈コロナ禍世界劇場〉をライブで観るようである。なかでもドイツのメルケル首相の対応は素早く、「開かれた民主主義に必要なのは、政治決断の透明性、説明、行動根拠の明示、そして伝達と理解」、「有効になる規則を順守すれば、市民の皆さんが自分の課題として理解すれば必ず乗り越えられる」の演説は心を打った。

多和田葉子自身が、Ｈｉｒｕｋｏ並みに(?!)「地球にちりばめられて」生きている〈世界市民〉で、このコロナ禍ではさすがにドイツに足止め状態のようだが、昨年から朝日新聞に随時掲載の「ベルリン通信」で人々の様子を、「みんなが納得するスピードと、規制が強まるスピードがほぼ一致した」と活写し、その後もオンラインのインタビューや記事・エッセイにも応じ、冷静で的確な発信を重ねている。直近では、二〇二〇年の一〇月半ばの朝日新聞主催のオンライン国際シンポジウム「朝日地球会議２０２０〜新しい未来のための５日間」でも、「コロナ危機と文化」のセッションで生命科学者の中村桂子と参加。ドイツと日本のコロナ対応の対比から始まって、多和田語と身体性と生き物としての人間のテーマがトライアングルのように巡って、自然科学と人文科学と芸術文化の役割の関連にも深く軽妙に切り結んだ楽しいリモート対話だった。先の展開の読めない〈コロナ禍世界劇場〉のレポーターの趣だ。多和田自身がそういう役割をあえて引き受けている観もある。

3 ……TMP（Tawada／Müller／Projekt＝多和田葉子／ハイナー・ミュラー／プロジェクト）

そもそもは、TMP（Tawada／Müller／Projekt）が始まりだった。もっとそもそもは、多和田葉子のドイツ・ハンブルク大学での一九九〇年の修士論文「ハムレットマシーン〈と〉の〈読みの旅〉」（HM論）のオリジナル・ドイツ語原本を九〇年代半ば頃に「読んでみて」と手渡されてからずっと、頭の中でミュラーから多和田への関わりを考え続け、ほぼ三〇年後のミュラー生誕九〇年、没後二五年の二〇一九年一一月に、多和田葉子の『カバレット ハムレット・マシーネ〜霊話バージョン』をシアターX《カイ》で上演して貰うことで、TMPのハイライトにしようと思い立った。

その前年に美術家やなぎみわから、学生たちが手作りしたギリシア神話に基づくさまざまな「神話機械」のうごめく風景のような世界に、ハイナー・ミュラーの『メディアマテリアル』のテクストを中心にしたライブパフォーマンスを挟んだ展覧会を、二〇一九年度一年をかけて日本各地の五つの美術館で巡回公演したい、という途方もないオファーを受けて、それならその枠の中にミュラーと多和田の作品に関連した企画やパフォーマンスをちりばめようかと背中を押され、二〇二〇年度までのTMPの活動の肚を決めたのだった。そのHPも立ち上げたので参照されたい（https/[/tmp.themedia.jp）。紆余曲折も察していただけよう。

「谷川先生の脳内劇場」と揶揄されつつ、演劇への思索と上演を関連させたいとさまざまな企画や思いを巡らせたのだが、すれ違いや早とちりもあり、果ては二〇二〇年になってからはコロナウイルス禍に巻き込まれ、上演中止や延期、企画中断も挟んで、ここまでやってきた。ミュラー関連では二〇一九年に京都の新規開場なった民営劇場THEATRE E9 KYOTOで劇団地点が『ハムレットマシーンHM』を上演。元来がドイツ演劇との縁も深く、ミュラーがシェイクスピアの『ハムレットH』を脱構築したHM手法を自らの上演法に活かしてきた劇団とみてきたが、逆に原作に戻しつつ、彼らなりの「J（日本）という場所探り」としてのHMにして見せた。そうきたかと納得。

さらにいくつかの企画や探りもあったのだが、実現できなかった皮算用をあえて挙げるならば、ベルリンにあるマキシム・ゴーリキー劇場難民劇団の「HM」の招聘公演や、勅使河原三郎氏への『カルテット』のダンス化依頼とか、やなぎみわ×多和田葉子のコラボ化等々。さらにHMP（ハイナー・ミュラー・プロジェクト）の主軸であった劇作家故岸田理生を偲んだ一三回目の〈リオ・アバンギャルド・フェス〉での劇団風蝕異人街の『メディアマシーン』や『カルテット』の上演などもコロナ禍で中止・延期となったり……。多和田葉子の演劇は『カバレット　ハムレット・マシーネ〜霊話バージョン』を中核に二〇一九年一一月に少しは公演できた。

こうした主として二〇一九年度の活動は、東京外国語大学出版会から二〇二〇年一〇月に刊行された『多和田葉子／ハイナー・ミュラー〜演劇表象の現場』という本に、多和田の修士論文邦訳とカバレット上演台本を合わせ鏡にする形で、さまざまな論者の論考や舞台実践記録もまとめて集大成されている。

しかしそれだけでは、〈多和田葉子の演劇〉とは何かという疑念も浮かぶだろうし、私たちとしても如何せん物足りない。それなら二〇二〇年度は多和田演劇イヤーと位置づけ、京都芸術大学での二〇二〇年度の「舞台芸術作品の創造・受容のための領域横断的・実践的研究拠点」に「多和田葉子の演劇〜連続研究会と『夜ヒカル鶴の仮面』アジア多言語版ワーク・イン・プログレス上演」が採択されたので、二〇二〇年一一月の春秋座での公演を中心に、さまざまな研究会やシンポジウムも企画されていた（二〇二一年度に延期となった）。併せて、論創社より二〇二〇年度内にこの『多和田葉子の〈演劇〉を読む』も企画刊行することにした。

4 ……………『多和田葉子の〈演劇〉を読む』

それが本書である。この二冊の通称「外語大本」と「論創社本」は、いわば通底連動しあうペアの二巻本とする予定だった。そこにこのコロナ禍がもろに重なった。もろに〈世界劇場〉である。

何せ、一寸先も読めないコロナ禍の中での同時進行の手探りの試み・企画である。二〇二〇年の東京オリンピック・パラリンピックの開催も翌年に延期された中、二〇二〇年秋の春秋座での多国籍多和田演劇上演の可能性は果たしてあるのか。人々の生命への配慮は最優先だ。さすがに七月半ばに上演は来年度に延期という方針決定が出た。それでも来年度も先は読めない。何がどう可能かという必死の実践現場での手探りはぎりぎりまで続くだろう。しかし、すでに準備進行中の二冊の本の刊行は、別途に可能なら予定通りに進めようと決めた。確かなものから一つずつ杭を打つことだろうと。


この論創社本の『多和田葉子の〈演劇〉を読む』の柱は、三つと考えていた。

第一の柱は、二〇一八〜二〇二〇年度までの直近と現在進行形の企画を中心に、多和田葉子演劇が主として若い世代にどのように受け取られようとしているかをパノラマ的に可視化できるようにすること。

京都在住で京都造形芸術大学（現京都芸術大学）出身の和田ながら率いる演劇ユニット「したため」の、多和田翻訳語の舞台化への挑戦である多和田の小説『文字移植』の上演に、若い世代の劇評家渋革まろんが劇評で挑んだ。

ＴＭＰに対して若い世代を中心としたｔｍｐの試みの一つが、川口智子の一連の多和田演劇へのチャレンジである。多和田の出身地である国立市の文化協議会主催での二〇一八年の、『献灯使』所収の戯曲『動物たちのバベル』の創作ドキュメント。この戯曲に関しては、多和田研究者の谷口幸代が貴重なテクストの位相を解説で補足してくれている。先述したもう一つの『夜ヒカル鶴の仮面』は、試演に、ドラマリーディング公演から京都芸術大学での多国籍演劇までの〈ワークインプログレス〉の同時並行的な試みをめぐっての、いわば中間報告となろうか。多和田は本書寄稿のエッセイでは捕らぬ狸として言及しなかったが、実は多和田葉子作のオペラ劇『くにたちオペラ』上演（くにたち文化・スポーツ振興財団主催）も、二〇二二年五月に川口智子演出で「予定」されている。

そういう〈多和田演劇〉の現在に至るまでの、主に劇団らせん舘とシアターXによって担われてきた多和田演劇の舞台化の長い貴重な歴史的経緯も、多和田研究者で本書の共編者でもある谷口幸代に、インタビューなどの形でまとめて貰った。「外語大本」中の谷口幸代の論考「多和田作品の演劇化」も参照されたい。

第二の主柱は、多和田葉子の〈演劇〉の謎というか独特なあり方に対するアプローチだ。まずは多和田自身がコロナ禍の中でサプライズ的に書いて下さったエッセイ「多声社会としての舞台」。ステイホーム中の多和田さんがＤＶＤでのオペラ観劇を軸に、自身のオペラや舞台との関わりを振り返るかのごとく、さりげなくしかし深層に沁みるがごとく書いて下さった珠玉のエッセイである。多和田の文学営為の自由自在さが存分に語られている。文学はどう使われようが自由で、歌うことと歌わないことの間にある？　なるほど、〈読みと書き〉のそのつどの実験・試みもそういうことかと納得する！　そう、表象という営為は本来が自由なのだ、ジャンル分けなど不要なように。世界は舞台、多くの声が響きあう社会だ。

多和田葉子の〈カバレット〉の長年のコンビ（「友達以上」！）である共演者のピアニスト高瀬アキさんにも、〈内側から〉、その共演の仕掛けを語って頂けた。題して「レシタティーヴ」。なるほど、こうやって二〇年ものコンビ活動で創り上げられてきた舞台なのかと了解。ボケとツッコミのごとき掛け合いが、このカバレットの楽しさの神髄だ。多和田の小説『雪の練習生』への作曲家としての楽譜も付いている。

もう一人は多和田の長年の盟友である松永美穂。早稲田大学教授として、学生たちと毎年ずっと続けてきた多和田葉子&高瀬アキワークショップについて、たってお願いして書いて頂いた。これこそ、多和田葉子が演劇という営為で探り目指そうとしてきたものの核心ではないかと思うからだ。多言語多文化教育が学是の東京外国語大学でこそ試みられるといいと思い続けてきたが、今年（二〇二〇年）の早稲田大学で『ハムレット』を扱ったワークショップを実見された後輩同僚の教授山口裕之氏に飛び火が付いたようで、これからの外語大での多和田ワークショップも楽しみである。

第三の柱は多和田葉子の未邦訳戯曲の翻訳と、それの舞台化に向けての模索である。tmpのもう一人の演出家小山ゆうなは、本来はラジオ劇であった『オルフォイスあるいはイザナギ』を小松原由理が初邦訳したものを、森羅万象で日独神話のクロスする、生ピアノで歌唱入りのおおらかな音楽劇として舞台化した。国立市のくにたち市民芸術小ホールで、川口の『夜ヒカル鶴の仮面』と併行してのリーディング公演だった。再度の本公演も企画されたが、コロナ禍が落ち着いてから、再考しようということになった。邦訳者小松原由理の解説もさすがだ。

多和田の児童劇の紹介をと思って、「ドレミの歌」ならぬ穴あきの「アルファベットの歌」のごとき「あしのゆびはアルファベット」も、山口裕之による初邦訳で掲載した。ドイツの子供たち相手の多和田の言葉遊びの絶妙さが、実に楽しく分かりやすく絶妙に邦訳されている。日本流なら「いろは歌」だろうか。上演化は未定で模索中だが、この児童劇の成立事情に関しては、邦訳者の山口裕之が興味深い解説も書いている。日本ではどのような形でこのテクストを活かせるだろうか。それも楽しみである。

5 ……演劇は変容／メタモルフォーゼ

原作テクストや素材を自由に読んで、読み換え・書き換えて自分たちのテクストと上演を創っていく。これは多和田が修士論文でＨＭの〈再読行為〉として論じてきたものの実践化でもあろう。ハムレットやオフィーリアとは誰なのか、「アムレトス悲劇」という種本や「原ハムレット」があるというし、戯曲『ハムレット』を書いたのも果たして本当にシェイクスピアだったのか。フランセス・イエイツの『世界劇場』をはじめとして、エリザベス朝やルネッサンス・バロック期の文化やシェイクスピア時代の演劇に関しては近年とみに研究が進んでいるが、典拠はさておいて、果たして今は誰がどう読むのか、どう演じるのか。世界という劇場で、人間は本当に役者なのか。とすれば台本は誰が書くのか、演じるのかを、根底からひっくり返して問うて見せたのが、ハイナー・ミュラーのＨＭではなかったただろうか。「演じる」とは〈再読行為〉だ……。今の若者や学生、高齢者たちならどう読んで、どう演じるだろう……その〈差異〉こそ気になるポイントだ。「受容美学」や「レクチュール／エクリチュール」の〈読みの理論〉の登場も当然と言えば当然だった。「ポストドラマ演劇」にも展開していく。〈読み〉は読み手の営為なのだ。テクストだけには還元されない。時代背景のコンテクストも劇場構造や舞台装置も音響も、身体や声や、主催者の意図や観客との対話も、すべてをふくんでの総体がそれぞれに〈演劇〉なのだろう。多和田はパフォーマンスの後にほぼ必ず観客や演者との対話・トークを加える。むしろそれこそが主眼であるかのように。演劇とは、古代ギリシア演劇がそうであったように、市民がテアトロンと呼ばれた野外円形劇場に集まってともに演じ考える場、広場・アゴラなのだ。ギリシア演劇からの民主主義の成立過程は今なお、考える価値のある謎であり続けているらしい。

〈演劇〉とは何かという根源的な、何であり得るのかという〈演劇の未来形〉の探りの中で、ブレヒト――ミュラー――イエリネク――多和田葉子へと、ドイツ演劇研究の私自身の比重は次第に移ってきたが、〈世界〉が読めない以上は〈世界劇場〉も読めない？　逆ではないだろうか？　〈劇場〉という装置から、答えのない〈世界〉を読む試み・仮説を実験思考する――ブレヒトが目指したのもそういう演劇だった。曰く「介入する思考」！　そしてその中での自分という役者の位置を、その台本を創る存在を問う。神？　劇作家？　演出家？　ホモ・デウス？　ホモ・テアトラーリス？　参加する全員ではないか。ミュラーから多和田葉子へ?!

そういう問いかけをあちこちで受粉させていくような存在が、〈ミツバチ葉子〉なのだろう。〈ミツバチ葉子〉に関しては、「外語大本」の「序」の方も、参照されたい。

前置きが長くなり過ぎた。お後が宜しいようで！


コロナ禍とアメリカ大統領選騒ぎの最中の二〇二〇年秋に……

多和田葉子の〈演劇〉を読む

目次

序

多和田葉子、〈世界劇場〉という未踏の地平へ　谷川道子　004

第Ⅰ部
多和田文学の舞台化をめぐるパノラマ　024

〈劇評〉観〈光〉客はいかにして場違いな0に犯されるか　したための『文字移植』を／から再読する　渋革まろん　027

〈演出ノート〉漂流する演劇　『動物たちのバベル』創作ドキュメント　川口智子　053

〈作品論〉
多和田葉子の戯曲『動物たちのバベル』を読む
谷口幸代 077

〈演出ノート〉
カキタイカラダ
『夜ヒカル鶴の仮面』上演をめぐる断章
川口智子 096

〈インタビュー〉
劇団らせん舘に多和田葉子の〈演劇〉を聞く
聞き手・谷口幸代 113

第Ⅱ部
多和田〈演劇〉の謎を解く——言葉・声・音楽 126

〈エッセイ〉
多声社会としての舞台
多和田葉子 129

〈エッセイ〉
レシタティーヴ 146
高瀬アキ

〈ドキュメント〉
早稲田大学における多和田葉子&高瀬アキワークショップの歩み 155
松永美穂

第Ⅲ部

多和田戯曲の翻訳と舞台化への模索 180

東西神話の混交
オルフォイスあるいはイザナギ
黄泉の国からの帰還
多和田葉子 作／小松原由理 訳 183

翻訳者の言葉 215
小松原由理

児童劇の試み

演出者の言葉
小山ゆうな 220

あしのゆびはアルファベット
多和田葉子 作／山口 裕之 訳 223

翻訳者の言葉
山口裕之 254

あとがき
谷口幸代 258

執筆者プロフィール 263

第Ⅰ部

多和田文学の舞台化をめぐるパノラマ

〈劇評〉

観(光)客はいかにして場違いな0に犯されるか

したための『文字移植』を／から再読する

渋革まろん

1 「取り返しのつかないもの」としての言葉

わたしは、言葉を本気にしたいと思っている。ばかみたいに本気にしたい。言葉は、いまの世の中で扱われているよりもよほど取り返しのつかないもののはずだ。(1)

二〇一八年八月一一日から一四日にかけて、東京のこまばアゴラ劇場にて、多和田葉子の『文字移植』(一九九三、『アルファベットの傷口』より改題)が上演された。(2) その舞台化を手がけたのが、和田ながらのインディペンデントな演劇ユニット・したためである。

和田ながらは、いまだ日本語圏の小劇場演劇では珍しい舞台作家としての――テクストの解釈を舞台に生起する視聴覚的要素から上演に組織するタイプの――演出家だ。二〇一一年にしたためを立ち上げてから、「言葉」への深いこだわりを持って、さまざまな作家のテクストに精力的に取り組んでいる。(3) したため名義では、太田省吾、尾崎放哉、種田山頭火、ジョルジュ・ペレック、テレサ・ハッキョン・チャ、レーモン・クノー、そして和田自身が手がけた作家としては安部公房、三島由紀夫、岸井大輔、合田団地《ごうだだんち》、ヘンリック・イプセン、ウィリアム・シェイクスピアほか戯曲、小説、詩、俳句、エッセーなど、さまざまなジャンル、文体、時代でカテゴライズされる作家を縦横無尽に横断してきたことが、この活動の軌跡からも窺えるだろう。

そんな和田が、二〇一六年、二〇一八年と二度にわたって取り組んだテクストが『文字移植』であった。

冒頭に掲げた引用は、和田が『文字移植』の制作と上演を振り返り、そのテクストへの関心の所在から和田自身の演劇と言葉に対する姿勢を書き留めた「現代詩手帖」に寄せたエッセーの一節である。

そこで和田は少々奇妙な、あるいは『文字移植』の作家においてはまったく的を射た表現でもって、俳優による発話実践を「言葉を身体に植えて声に移す」という比喩で言い表している。言葉は能動的に発話されるのではなく、受動的に身体へと植え付けられ、それが〈声〉へともたらされると言うのである。

そのとき、言葉は身体の奥深いところに根を張り、「しゃべることで身体が転ばされてしまう」ように、「俳優の身体に力として作用してしまう」。それゆえ、和田は言葉を「取り返しのつかないもの」なのだと結論している。

しかし、「取り返しのつかない」言葉の力とは、いったいどのような力なのだろうか?

なにしろ、その不可逆的に働く力の作用において、人は真っすぐ立つことができなくなる。言い換えるならば、主体と世界の自然かつ自明な関係を支える身体感覚の秩序は解体され、不意に転ばされてしまう不安定な態勢へと「わたし」の身体は組み替えられてしまうのだ。

後述するように、その言葉の力をしたためは〈声〉と〈息〉の関係に着目して上演に組織した。だがそれは、束の間的に消えゆく〈声〉の捉えがたい響きや抑揚といった音響的効果で『文字移植』のテクストに美的な彩りを与えたというだけではない。

したためは発語を禁じられたものたちの〈声〉の力に光を当てたのだ。本論ではそれをプロソポペイア（活喩法）と呼ばれる〈声〉の比喩形象（figure）から読み解いてみたい。和田が『文字移植』のテクストから受け取った「言葉の取り返しのつかなさ」とは、プロソポペイアの詩的論理から生じた、取り返しのつかない〈傷〉の出現だったと考えてみたいのだ。

2 ……………〈息〉の限界

『文字移植』が上演された、こまばアゴラ劇場は六〇人ほどで満席になるブラックボックス型の小劇場である。舞台の床には、白い砂を敷き詰めた四角いスペースが横並びに点在。そのスペースの真上には、四枚の透明アクリル板が宙に浮かび、舞台の下手には、一房のバナナがぽつんと吊られている。この簡素な舞台装置で、『文字移植』の言葉が、文字通り観客の目の前に立ち現れることになる。

周知の通り、『文字移植』は、アンネ・ドゥーデンを著者とする実在の小説「Der wunde Punkt im Alphabet」（アルファベットの傷口）を翻訳するためにカナリア諸島を訪れた「わたし」をめぐる一人称小説である。

その最も大きな形式的特徴は、管啓次郎《すがけいじろう》が「翻訳者と作家のあいだの差異の抗争を問題化してみせた(4)」と指摘するように、読点が細かく打たれた翻訳文と、読点が打たれることなく綴られる地の文という異質な文体が衝突する、抗争的な小説のリズムにある。

その翻訳文は、たとえば次のように綴られている。

> において、約、九割、犠牲者の、ほとんど、いつも、地面に、横たわる者、としての、
> 必死で持ち上げる、頭、見せ物にされて、である(5)、

聖ゲオルクによるドラゴン退治の物語を翻訳しようとする「わたし」は、ここからはじまる二頁の文字を訳し終えることがどうしてもできない。それどころか、馴染みにくい単語の手触りに忠実であろうとするほどに、言葉がつながらないまま、文法の壊れた単語の羅列が原稿用紙に散らばっていく。

こうした逐語的な翻訳の手触りを現前させるために、四人の俳優たちにより試みられるのが、〈息〉の演技態だ。

開演とともに暗転した舞台からは、張り詰めたように強烈な〈息〉のリズムが聞こえてくる。「において、約、九割、犠牲者の、ほとんど」と発語される言葉は、その読点の箇所

で、アタック音のように「スッ」と吸われる〈息〉によって細かく千切られ、バラバラになる。極度に切り詰められた〈息〉のリズムは、「わたし」が「ひとつの単語を読んだだけでもう息が苦しく」なり、「全体がばらばらになって[6]」しまうという翻訳の苦しげな手触りを生々しい肉声の効果として劇場空間に刻み込んでいくのである。

ここで発語される苦しげな〈声〉は、肺という器官の限界を露呈させるとともに、人間の〈声〉を動物の鳴き声に漸近《ぜんきん》させるあえぎのような音として現れる。彼／女らは、一語一語、植えられた言葉により、動物らしきものへと「変身」するプロセスを作動させるのである。

確かに、翻訳家の「わたし」は、このような翻訳の手触りによる「変身」の可能性に怯えていたのだった。

> 翻訳はメタモルフォーゼのようなものかもしれなかった。言葉が変身し物語が変身し新しい姿になる。……わたしは言葉よりも先に自分が変身してしまいそうでそれが恐くてたまらなくなることがあった[7]。

「翻訳」から「変身」が導かれる言葉の運動。

まさに取り返しのつかない言葉の力を、俳優たちは〈息〉のリズムによる動物への生成と、官能的な「強度」の発生によって、観客の目の前に立ち上げていくのだ。

しかし、「変身」へと導く「強度」の発生は、本当に取り返しのつかない言葉の力だろうか?

というのも、もしそれだけであるとすれば、それは単に劇場という制度のうちで美的に正当化された「転ばない身体」——美的であることがすでにつねに予定調和として了解されている身体——であるように思われるからだ。

そうではないとわたしは考える。したための舞台で言葉が意味を剝奪された剝き出しの〈声〉へ、そしてさらに〈息〉へと切り詰められたとき、〈息〉を漏らすものは、〈息〉の美的強度へと囲い込まれると同時に、その身体に〈息〉のあえぎをもたらした、まなざしの秩序を明らかにするからだ。

聞き慣れない異語をノイズとして排除するわたしたちは、発話へと至らない〈息〉のあえぎを、見ていながらにして見えなかったことにするということ。その構造そのものを、したための上演は可視化するのである。

とある瞬間、俳優の発する見えない〈息〉は、そこに見えているだけの向こう側に幽閉された「人間」のイメージを浮かび上がらせる。

3 観光客のまなざしと濡れそぼる〈息〉

理解される意味として聞き取られることがなく、ただそこにあることの痕跡だけが残されていく〈息〉を漏らすものたち。イメージでしかないイメージへと幽閉される「人間」を出現させる装置として、極めて巧みに用いられるのが、美術家・林葵衣の手による、四枚の透明なアクリル板である。(8)

作中の登場人物を演じる俳優たちは地の文で描写される場面や風景を意外なほど明るくコミカルな身振りで表象――バナナを電話として使う、バナナの木になる――していくことになるのだが、その基本的な立ち位置は、白い砂地のスペースに固定され、観客は常に、透明アクリル板を介して彼／女らの演技を見ることになる。

そしてあるとき、一人の俳優が次の台詞を発することで、この透明アクリル板の存在は急速に無視しえないものになっていく。

わたしはついさっき書いた〈犠牲者〉という言葉の上に線を二本引いて消して代わりに〈いけにえ〉と書いた。いけにえ。

いけにえならば人間でなくてもいい。いけにえの口。この言葉もどこかがおかしい。[9]

すると、彼／女らは、アクリル板に向かって何度も繰り返し〈息〉を吐く。ハァァァァと吐かれる〈息〉に濡れそぼりくもるアクリル板は、見えていながらにして見えていない半透明な媒質としての性格をあらわにする。それは彼／女らと観客を隔てる壁であり、彼／女らから見えている風景を想像させる窓であり、彼／女らを「いけにえ」の肖像画へと変換するインターフェイスなのだ。

肖像画は、生きられる場所——〈いま・ここ〉——のコンテクストから身体を切り離し、その分身たる身体イメージを産出する。透明アクリル板というメディアの介在は、演劇が生き生きとした現在を共有する同時性のライブであるといった通念を切断し、観客の目の前に現前する身体が、不在の身体を代補するイメージ（いけにえ）でしかありえないことを露呈させるのである。

その透明アクリル板は、タッチパネルで操作可能なスマートフォンの画面によく似ている。ときに透明アクリル板が照明の具合で観客の顔を映し出す鏡になることが暗示するように、立ち並ぶ俳優たちは、ユーザー＝観客の欲望を反映して加工操作されるフォトイメージとなり、観客のまなざしをそっくりそのまま投げ返す。

つまり、そこで身体は、観客の欲望を映し出すだけの身体イメージとして可視化されるの

fig. 1
繰り返し吐かれる〈息〉で濡れそぼるアクリル板
多和田葉子作／和田ながら演出『文字移植』
こまばアゴラ劇場［2012年8月］
写真提供：Toshiyuki Udagawa

だ。そしてこの観客のまなざしは、『文字移植』が実は翻訳家のドラマではなく、観光客のドラマであることを浮き彫りにする。

実際、翻訳家の「わたし」の視線に注目してみるならば、『文字移植』で開示される「翻訳」をめぐるさまざまな思考の展開は、バナナ園や雑貨店、魚屋、郵便局といった島の各地に訪れる「わたし」の旅行記によって条件付けられているのだ。

たとえば「わたし」は、小説の冒頭でこんな感想を漏らしている。

わたしは旅をするためにカナリア諸島へやってきたわけではないのに窓の外に何気なく視線を投げただけでもう自分が旅行者のような海の見方をしているような気がして恥ずかしくなった。[10]

第二次世界大戦後の観光研究に先鞭をつけたダニエル・J・ブーアスティンが、すでに一九六〇年代には「人々はすでによく知っているものを見に旅行する」[11]と述べているように、観光客のまなざしは、流通するメディアイメージに書きこまれた想像力のうちで、失われた楽園や約束された幸福感をあらわす記号として、つまりは非歴史的なイメージとして訪問された土地を美的に消費するまなざしである。

『文字移植』という名のテクストは、カナリア諸島の――言うまでもなくカナリア諸島は快適なリゾート地である——風景が「風景画」に見えてしまうことの違和感を語りだすところからはじまるのであり、「波の音も聞こえず生臭い海草や死んだ魚のにおい」もしない、まったくリアリティに欠けた自然のイメージ、いわば観光客のまなざしにおいてテーマパーク化した「カナリア諸島」を舞台とするのだ。

刑務所のようなバナナ園に驚いた「わたし」は、麦わら帽子を被った男にレジャーの目的——「登山」か「海水浴」のどちらに行くか——を尋ねられ、道端で出会う犬を抱いた女からは、犬を一匹あげましょうかと呼びかけられ、草刈りをする男からは旅行と売春のどちらが目的であるのかと奇妙な質問を投げかけられる。

それらの問いかけ、呼びかけに対して、「わたし」は決まって翻訳をしに来ただけであり、観光客ではないのだと繰り返す。しかし、それは「わたし」が忌避する観光客と同じ意味で、島の外部に自らの位置を確保する自己防衛的な身振りにほかならない。そこで「わたし」に問いかける人々の〈声〉は、そのまなざしの内部では観光客としての「わたし」の身分を揺るがすことがありえない「風景」の一部に還元される。

すなわち『文字移植』は、観光客としての「わたし」のまなざしに翻訳家としての「わたし」が抵抗する分裂した主体のドラマでもあるのだ。しかしいずれにせよ「わたし」は彼／女らと一線を引くことで、観光客のアイデンティティを再生産するのであり、それが脅かされることはありえないのだ。

ここですぐさま理解されるように、観光客のまなざしとは、自らが欲望するイメージで、舞台に立つ俳優の身体を幽閉する観客のまなざしである。

砂地に立つ俳優たちは「窓」ごしに「風景画」としての海を眺める「わたし」であり、同時に、観光客としての「わたし」のまなざしを観客に転移させる鏡像となる。見たいものだけが見える、わかるものだけがわかる、わからないものは予定調和な美的価値に還元する劇場の制度的まなざしと一体化した、観客の位置を観客に投げ返すのである。

4 〈息〉の痕跡から0へ

『文字移植』の主題系は、さしあたり「翻訳」と「変身」をめぐるテクストの運動にあった。そこで和田が言う「言葉の取り返しのつかなさ」とは、変身を導き出す翻訳のリズムであり、それゆえに〈息〉の演技態によるテクストの身体化が上演の戦略として持ち込まれた。

しかし、それは上演の美的な「強度」のためだけに用いられる戦略ではない。〈息〉に濡れた透明アクリル板は、イメージに幽閉された「人間」を可視化することで、観光客＝観客の主体的位置への反省を促す装置としても機能するものだった。

だが、それでもここで、観光を呼びかけるカナリア諸島、あるいは感動を呼びかける劇場という諸々の文化的諸装置により主体化する観光客＝観客のまなざしは温存されたままであり、そのまなざしのうちに捉えられた〈息〉のあえぎは、瞬時に美的なイメージへと送り出されて、その場にあることが禁じられた不在の〈声〉として顕在化する力にはなりえないように思える。

ところが、したための上演では、濡れそぼる〈息〉が、ただ消えゆくままの美的なイメージとして放置されないのだ。そのあえぎは〈0〉という文字に結びつくことで、観光客＝観客の「わたし」に割り振られたモノの見方を内破する力を示すからである。

それでは、息のあえぎと結びつく〈0〉とはなにか？　また小説に目を転じてみよう。島の火山口から流れる溶岩が河のように残った道を歩いていた「わたし」は、いままさに翻訳中の作者と出会う白昼夢の時間で、次のように尋ねられる。

〈わたしの顔には傷があるように見えますか。〉と作者が尋ねた。わたしは恐る恐る作者の顔に目をやった。そこには〈傷〉らしいものは全く見えずそれどころか〈顔〉らしいものさえ見えずただ0の字の形をした空洞が見えるだけだった。

作者の顔にぽっかりとあいた謎めいた0の文字。したためは、この0を濡れそぼる〈息〉の痕跡と結びつけるのだ。

劇の中盤、透明アクリル板の前で奇妙なポーズを取る俳優たちは白い光に照らされ、展示された彫像のように浮かび上がる。張り詰めた緊張感が流れるなか、一人の俳優（穐月萌《あきづき》）だけがふと動き出し、胸元から取り出した口紅をゆっくりと唇に塗りつける。そして、

「いいぃぃぃ」「けぇぇぇ」「にぃぃぃ」「えぇぇぇ」

と、〈声〉を発しながら、その一音一音の唇のかたちを透明アクリル板に押し付けていく。小説で明示されるように、〈0〉とはOpfer、いけにえの頭文字だ。ところが0の暗示する「いけにえ」の意味は「い／け／に／え」というバラバラな音素へと寸断され、さらには官能的な唇のかたちへと翻訳されることで、意味内容を脱落させた四つの0の変種が透明アクリル板に押印されることになる。

ただし、これは「ou」ではない。わたしは「0」と打ち込むが、そのかたちを正しく発話することが、実はできない。「わたし」が「万年筆で0の字の内側を真っ黒く塗りつぶして」みるように[12]、それは塗り絵のための線画ですらある。透明アクリル板に押印された0は、この発話不可能性をことさらに顕在化させるのである。

0の発話不可能性の顕在化は、属領化された他者には〈声〉が与えられていないことと、パラレルな事態である。それは、観光客＝観客のまなざしが表象する風景のうちでは、意味として聞き取られることが禁じられた〈息〉のあえぎに正確に対応している。いけにえの発

話不可能性は無声の0に刻印され、不在の〈声〉の力を予感させるのだ。

しかし、0のかたちによって示される不在の〈声〉はどのようにして「わたし」のまなざしを内破する力——おそらくそれが和田の問題提起に応答してしまう「取り返しのつかない」言葉の力である——になり得るのだろうか？ わたしの考えでは、その力の根源にあるものこそ、すなわちプロソポペイア（活喩法）である。

5 ……… 0のプロソポペイア

ブリュノ・クレマンは『垂直の声—プロソポペイア試論』において、ピエール・フォンタニエの『言葉の綾』（Les Figures du discours）[13] から、次のようなプロソポペイアの定義を引いている。

> プロソポペイアとは、不在のもの、死者、超自然的なもの、さらには無生物をいわば舞台に上げ、彼らを語らせ、行動させ、応答させ、その声が聞けるようにすることである。[14]

「仮面（プロソーポン）」の「制作（ポイエイン）」に語源を持つプロソポペイアは、〈顔〉あるいは登場人物の形象を作り出し、その不在のものに〈声〉を与える比喩形象（figure）である。クレマンは、アウグスティヌスからルソー、ニーチェ、ブランショ、ベケットなど文学的、哲学的、宗教的テクストのうちで実は働いているプロソポペイアの原理を粘り強く読み解くことで、言葉に彩りを与える修辞上の技法に限定されない、プロソポペイアに基礎づけられた思考のありかたを分析している。

本稿の文脈でとりわけ意義深く感じられるのは、クレマンが提示するプロソポペイアを補助線とすることで、0が『文字移植』なるテクストのうちで発揮する力の作用に、一貫した見通しを与えることができる点にある。

クレマンが示すところによると、プロソポペイアには「直接話法である」「虚構的言説である」「包摂された言説である」「道徳的な言説である」という四つの条件があるという。たとえばクレマンは、アウグスティヌスの『告白』における回心の一節を、典型的なプロソポペイアとしてあげている。そこでは、「くだらないものども」や「貞潔」といった寓意的な登場人物たちが型にはまった道徳的な説教を展開するなかで、突如としてもうひとつの〈声〉が聞こえてくる。

隣の家から、くりかえしうたうような調子で、少年か少女か知りませんが、「とれ、よめ。とれ、よめ」という声が聞こえてきたのです。[15]

「とれ、よめ」という〈声〉の背後には、それを発した人間の〈顔〉があると自然に想像される。プロソポペイアは、この自然な想像力を利用して、不在の人物の生き生きとした〈声〉を現前させる。

しかし、「とれ、よめ。とれ、よめ」とただ繰り返されるばかりの〈声〉は、誰を宛先とした言葉なのかまるでわからない、また誰から発せられた〈声〉であるかも定かではない。にもかかわらず、なぜか生々しく現前してしまう——死者、超自然的なもの、無生物であるところの——形象の〈声〉がプロソポペイアなのだ。

つまり、プロソポペイアの比喩形象は、不可視の〈声〉を通じて、ものごとの自然な流れを中断する謎めいた形象＝〈顔〉を出現させる。一つの言説の流れのうちにあっては、ありえないはずのもう一つの〈声〉が不意に訪れるズレの効果を産出する。

だからこそ、不在の〈声〉を〈声〉として聴取してしまったものに取り返しのつかない動揺をもたらし、型にはまった物語＝道徳からの転回を導く啓示となるのだ。

この観点に立つならば、作者の〈顔〉にぽっかりあいた空洞の0とは、最高度に凝縮されたプロソポペイアの比喩形象である。Opferという綴りから、犠牲者／いけにえという意味から、そして発話可能な音声からも切断され、場違いなかたちとして浮き上がる0は、「わたし」の翻訳する言葉のさなかに突如として現れ、謎めいた作者の〈顔〉を制作する。「わたし」が作者の〈顔〉に空洞を見るのは、0という不在の〈声〉から謎めいた〈顔〉が制作されるプロソポペイアの詩的論理に基づいているからなのだ。

0のプロソポペイアは不在の〈声〉の現前であると同時に、不定形の〈顔〉の出現でもある。そこで思い返してみるならば、「わたし」の翻訳する「Der wunde Punkt im Alphabet」そのものが、共同体の秩序から逸脱したとみなされる〈顔〉の形象、何者としても同定されない不定形の〈顔〉を出現させるプロソポペイアではなかったか。

いけにえたち、あらゆる場所に、ずっと昔からいた、……生まれつきの、間違いは、疑いもなく、彼等が、人間ではないこと、彼等が、異なっていること、これだけで、軽犯罪、最上級の、と見なされる、……彼等は、どんな種族にも、属さず、種族というものを、持たず……この存在の、が提示される、作れない、概念は、作れない、像は、作れない、……彼は、たとえば、持っている、どろぼう猫の爪を、熊の毛皮を、鰐の頭蓋骨を、蛇の舌を、とかげの肌を、……睾丸は、突き出している、……同時にまた、所有している、同じひとつのからだ、ことがある、それに加えて、乳房を。(16)

ここで描かれているのは、新世界秩序を打ち立てるために派遣された神に仕える兵士たる聖ゲオルクが、どんな種族にも属さない非社会的かつ無価値な移住者として表象される人間ならざるものたち、すなわち新秩序の「いけにえ」になる「大蛇」を征服する物語である。

テクストの象徴的な意味の次元において、聖ゲオルクのドラゴン〈大蛇〉退治が、キリスト教あるいは帝国主義国家による植民地支配の歴史的アレゴリーとして読みうるのは明白である。一方で、この支配される種である大蛇が、まさにプロソポペイアの詩的論理を体現し、まったく異種の動物が混じり合う両性具有のキメラの形象として現れることにも注目しよう。「わたし」の翻訳する小説そのものが、観光地として美的に消費されるカナリア諸島においては存在することが禁じられた「いけにえ」(Opfer)を大蛇のキメラとして出現させるプロソポペイアなのだ。しかし、キメラには作者の〈顔〉にあいた0と同じように〈顔〉がない。つまり「いけにえ」の像は作れないとされる。なぜか。

固定可能な〈顔〉を持つ「いけにえ」の表象そのものが、新世界秩序の善性を生み出すための構成的外部=悪として位置づけられてしまうからだ。

だからその像は作れないというより、作ってはならない。聖ゲオルクの秩序に回収されない「いけにえ」の出現がありうるためには、共同体の内外を分割する構成的秩序に組み込まれることこそ拒否せねばならないのだ。したがって、ことの善悪を反転させただけの受難する(かわいそうな)犠牲者としてではなく、あらゆる共同体の規範からただズレてしまう場違いなもの、捉えどころのないイメージのうごめきとしてのキメラが要請されるのである。

6 ……………… 場違いな0と多義性の傷口

さて、ここでもう一度、したための舞台に目を転じてみよう。俳優たちの〈息〉のあえぎは、無声の0として刻印された。しかし、透明アクリル板に口づけされるのは、人間の唇だけではない。

ある場面で、翻訳の言葉を浴びせられて悶絶する俳優（菅一馬）は、バナナの中身をむさぼり食べたかと思うと、そのバナナの皮を透明アクリル板に叩きつける。へばり付いたバナナの唇は、もうひとつの0の変種となり、板に黄色いぬめりを残して地面へと落下していく。小説からはおよそ読み取ることができないバナナの口づけは、0＝キメラの〈顔〉が特定の属性を有した人間に帰属しないことを示している。このバナナの0が喚起するプロソペイアは、あらゆる主体化を中断する形象の力として働くのだ。そして、それは多和田葉子の言う「多義性の傷口」を浮かび上がらせる場違いなズレの力を思い起こさせる。

「漢語」と書こうとしたら、「看護婦」の「看護」が出てしまいました。つまり、漢字で書かれた熟語は、言葉の多義性という落とし穴に絶えず落ちては怪我をする人達の看護をしてくれるのかもしれません。治療が終わればば傷はなおりますが、多義性の傷口はふさがれてしまうわけです。(17)

ここで多和田葉子は、ワープロの変換ミスが「忘れていたこと、考えたくないこと」を急に浮かび上がらせるズレの経験について語っている。「寝台車」が「死んだ医者」に、「織り込んだ」が「お！　離婚だ。」に、「漢語」が「看護」に変換されてしまうように、わたしたちは「同音異義の暴力」にさらされているのだと多和田は言う。

『文字移植』にも多義性の傷口は刻まれている。しかしその傷口は、同形意義の暴力によって刻まれた0の傷口である。

観光客／翻訳家として島の外部に自らの主体的位置を確保する「わたし」は、ひとつの旅行記として島の日々を描写する。ところが、「わたし」のまなざしている風景の内部に、0のかたちが、ときに形象として、さらには字義通りの形態として、まるで〈顔〉を奪われたかたちの群れが暴動を起こすように、場違いに出現するのである。

たとえば「わたし」は、同形異義の0にかぶれて大蛇らしきものへと変身する。バナナ園のことを思い出したときから皮膚の変質（かゆみ）に襲われる「わたし」は、「いけにえの口」という単語の翻訳から、唇の近くにかゆみを帯びた「丸い膨らみ」を押し出してくるのであり、睾丸や乳房のかたちの翻訳が、タイガーメロンのかたちへと転移して、その丸みから滴り落ちる果汁に「わたし」の皮膚はかぶれてしまう。「わたし」の肌は、不意に出現する0＝多義性の傷口に錆びつき、そのつどごとに自らの身体の「場違い性」に犯されるのである。

さらに同形意義の０の傷口は、「わたし」の観光するまなざしに侵入する〈顔〉なき〈顔〉のプロソポペイアとしてざわめきはじめる。

たとえば、執拗なまでに反復される「小石」の形態。この０の変種は、いつのまにか靴のなかに入り込み、「わたし」の爪と肉のあいだを引き裂くのであり、自動車のタイヤに踏み潰された音で「わたし」を脅かす。さらに、たまたま見つけた教会では、島を占領したカトリック教徒により、悪魔の色とされる黒い石がそれとなく現れる。そして０は口、いけにえの口であり、大蛇の口を連想させる蛇口であり、島の〈顔〉となる噴火口であり、「わたし」が目を離せなくなるカナリアのまくしたてる早口、バナナ園を囲う「園」の口部である。「どこへ、行っても、どこに、着いても、いけにえは、いつも、すでに、そこにいる」[18]。中身の死んだ卵はゆで汁に浮かび、犬の目玉は飛び出し、サボテンは親しげな守衛の顔を見せ、バナナの木の群れが悪いショーの観客となる。太陽が光を当てるとヤシの葉は剣を尖らせ、そのヤシの木がバナナの木と結びつき、木の葉のこすれる音のささやきへと変異していく。

誰に向けられたわけでも、誰であるわけでもない０のプロソポペイアは多義性の傷口を切り開き、宛先を持たない〈声〉のざわめきとなって、「わたし」をゆっくりと包囲する。「わたし」とは遠く隔たっていたはずの風景は動きを持ち始め（「海の表面を雲の影が妙にゆっくりと流れていた」[19]）、遠くに見えていたバナナ園は「ますますこちらへ近づいて」[20]、「出所の分から

fig. 2
海への下り坂を猛スピードで降り行くシーン
『文字移植』（fig.1 参照）
写真提供：Toshiyuki Udagawa

ないざわめきが細部まで聞き取れるようになっていく[21]」のである。
しかし注意しよう。作中人物である翻訳家の「わたし」は、この小説の文字のかたちが「わたし」を犯す同形意義の暴力であることに気づくことができない。それは「わたし」を演じる舞台の俳優も同様である。それではここで場違いな0のかたちを聞き取ってしまうのは誰か。わたしたちは、『文字移植』におけるもうひとりの「わたし」の存在に気づかなければならない。読者＝観客である。

　0のプロソポペイアは、「わたし」のまなざしとのあいだを往還する観（光）客、つまりは読者＝観客の身体に偶然にも読み取られてしまうことで初めて意味をなす。その聞き取られてしまった――聞き取られるかもしれない――場違いな0のプロソポペイアが、向こう側（小説／舞台／カナリア諸島）とこちら側（読書／客席／日本列島）を分割する善良な観光客＝観客＝読者の感性にいつのまにかズレ（傷）を差し込み、そこにあってはならない／あるはずのないものたちの布置を感受する態勢へと、〈わたし〉の身体を組み替えてしまうのだ。

　0のプロソポペイアが取り返しのつかない言葉になるのは、まさに「忘れていたこと、考

えたくないこと」に身体が犯されてしまうからである。発話へと至らない〈息〉のあえぎを聞かせることは、観光客＝観客＝読者が属する身体の内側から、その居心地を悪くすることによって初めて可能になるのである。

透明アクリル板に口づけされる0は、やがて板のいたるところに押印され、有象無象の〈声〉が重なるキメラの〈顔〉になるだろう。

上演の終わりに際して、聖ゲオルクから逃げ出し、海に向かって下り坂を猛スピードで降りていく「わたし」を身体化する俳優たちは、このアクリル板のまわりを全速力で疾走する。しかし、その狂騒的な雰囲気に融け出していく彼／女らの行為に反して、透明アクリル板に浮かぶ0のキメラは、ただそこに置き去りにされたように浮かんでいる。

そのズレから生じる場違いさの感覚は、透明アクリル板に浮かぶ、もうひとりの登場人物の〈顔〉なき〈顔〉が、その場に属することから、ただズレてあることの居心地の悪さを感じさせる。言葉をいかにして取り返しのつかないものにするかという和田の提起する問題に対して、なにも言葉を発していなかったことにされる無声の〈声〉が、しかしわたしたちへの応答だけは決してしまいという場違いな力をたたえて、わたしのまなざしを宙ぶらりんに映し出している。

注

（1）和田ながら「翻訳／移植」、「現代詩手帖」第六一巻、思潮社、二〇一八年、七七頁。

（2）わたしは二〇一八年の再演を観劇。その他、和田から提供を受けた初演・再演時の記録映像を参照している。

（3）和田が劇作・演出を兼ねた作家になるという日本語圏の小劇場演劇では一般的な道を選ばなかったことの背景には、彼女が在籍していた京都造形芸術大学（現・京都芸術大学）映像・舞台芸術学科（二〇〇七年より舞台芸術学科に改組）の存在があるかもしれない。同学科からは、桑折現、杉原邦生、村川拓也、相模友士郎、倉田翠、蜂巣もも（舞台芸術学科）といったさまざまなタイプの舞台作家・演出家が世に出ている。

（4）管啓次郎「XENOGLOSSIA 翻訳と創作」、「ユリイカ」第三六巻、青土社、二〇〇四年、一一八頁。

（5）多和田葉子『アルファベットの傷口』、河出書房新社、一九九三年、三頁。

（6）多和田、前掲書、一二頁。

（7）同前、一三頁。

（8）本作に舞台美術家として関わった林葵衣は、「反復によるずれ、色彩の残像、音声の保存」をテーマに作品制作をする美術家である〔https://hayashiaoi.tumblr.com（アクセス日：二〇二〇年六月四日）〕。林は、個展「水の発音」（二〇一六年三月一日〜三月六日）にて、自身の唇に塗った塗料を「唇拓」として支持体に押印する作品を発表している。後述する、透明アクリル板に唇のかたちを押印していく俳優の行為は、林の作品を演劇のフィクショナルな空間に取り込み、パフォーマンス化したものだと了解することもできる。

（9）多和田、前掲書、一一頁。

（10）同前、四頁。

（11）ダニエル・J・ブーアスティン『幻影の時代―マスコミが製造する事実』、星野郁美／後藤和彦訳、東京創元社、一九六四年、一一六頁。

（12）多和田、前掲書、一〇頁。
（13）Les Figures du discours の邦訳は、郷原佳以の翻訳に依拠する。
（14）ブリュノ・クレマン『垂直の声―プロソポペイア試論』、郷原佳以訳、水声社、二〇一六年、九二頁。（クレマンは以下より引用。*Pierre Fontanier,Les Figures du discours, Camps Flammarion,1977,p.404*）
（15）同前、五〇頁。（アウグスティヌス『告白Ⅱ』、山田晶訳、中公文庫、二〇一四年、一三七頁。）
（16）多和田、前掲書、三八頁、四九頁。
（17）多和田葉子「文字を聞く」、『境界の「言語」―地球化／地域化のダイナミクス』、新曜社、二〇〇〇年、一一九頁。
（18）多和田、前掲書（『アルファベットの傷口』）、三四頁。
（19）同前、三二頁。
（20）同前、四八頁。
（21）同前、八七頁。

〈演出ノート〉

漂流する演劇

『動物たちのバベル』創作ドキュメント

川口智子

1　海の向こうの劇場で

思い出す劇場の姿がある。二〇一六年春、香港の長州島で出会ったバンブーシアター。その名の通り、舞台や客席はもちろんのこと、個室の楽屋、大部屋、衣裳部屋などの舞台裏にいたるまですべて竹で組まれた劇場。白熱電球で輝き、外装は赤や黄色を基調として、華やかに飾られている。香港の伝統芸能・粤劇《えつげき》が演じられるこの劇場は、ひとつの大きな生き物のように呼吸をしている。今にも動き出しそうだ。海に浮かぶ島々からなる香港。海の女神・天后の誕生を祝う天后節を迎えるころになると、この巨大な竹の劇場が香港のあちらこちらに現れる。八〇〇〜一〇〇〇人ほどが集まることのできる大きな劇場がたったの二〜三週間で建てられる。材料は竹と紐、一本の釘も使わない。祭りの時期が終わると劇場は解体され、使われていた竹は香港の街の景観でもある高層ビルの竹の足場となる。そして、次の年の祭りの時期に、集落によっては数年後に、再び姿を現す。

地元の粤劇劇団を中心に演目が上演され、その時期になると都市部から地元に帰る人もいると聞く。今でこそ芸術大学での専門教育のある粤劇だけれど、もともと地域の人によって演じられてきたという性格もある。今でもお金持ちが自分の好きな役を演じるために、そのほかすべての役（例えばアクロバットや楽士たちも含まれる）とスタッフを雇って上演することもあるらしい。舞台袖では、衣裳や道具が入っていたであろう大きな木箱の上で、舞台さんがくつろいでいる。私も足元の竹を感じながら、ちょこんとそこにいさせてもらった。反対側では楽士が煙草の煙をくゆらせながら楽器を演奏している。三月末の香港はすでに蒸し暑い。その日の早朝に香港についたばかりだったけれど、すっかり体が緩んでいくのがわかる。楽屋口から外に出て正面にまわると、屋台でお菓子を売っているおばちゃんや、天后廟の境内から舞台の中を覗いている人がいる。バンブーシアターは香港の一部だ。

二〇二二年五月。くにたち市民芸術小ホール（以下、芸小ホール）で新作のオペラを上演する。多和田葉子さん書き下ろしの台本『あの町は今日もお祭り』は「縄文時代から江戸時代、そして現代にいたる国立[1]」を描きながら、「くに、たち」ではない物語だ。作曲の平野一郎さん、振付の北村成美さんと共に上演に向けたプランづくりが始まっている。企画から四年をかけて上演される予定のこの「くにたちオペラ」はこれから公募する出演者と、声楽家・音楽家・俳優・ダンサー、そしてスタッフが劇場に集まり、共に創る。上演が終われば、みなそれぞれの生活に戻っていく。願わくばこの作品が、また再び劇場に集まるくにたちの粤劇／バンブーシアターになれたらと妄想している。

このドキュメントで記憶する『動物たちのバベル』上演は、いわば、くにたちオペラへの前夜、夢見る記憶だ。劇場で生まれる集団の創造力。動物たちの会話のように、バラバラで、あてどが無くて、蠢《うごめ》いている想像力。そのエネルギーを少しでもお伝えできればと思いながら書き進めた。本題に入る前に、未だ解決していないひとつの問題は、この企画が「市民劇」と呼ばれていることだ。たしかに、この劇は国立にゆかりのある方々と共につくった。けれども、私は「市民劇」という概念をまだ正確につかみ切れていない。思い切って「観客劇」とでも名付けてみたいけれども、この定義もまた厄介なようなので、本稿では「市民劇」を受け入れておく。

2 劇場前の公園にて

二〇一七年一二月、「多和田葉子さんの戯曲を上演しませんか?」と連絡をいただいた。芸小ホールが主催している「複数の私」[2]というシリーズで多和田さんの戯曲作品を紹介したいという。このシリーズは、国立出身である多和田葉子さんと市民が出会い、対話をする企画だ。そこで戯曲の言葉に直接出会ってもらうために、市民と一緒に上演に取り組もうと考えた。多和田さんの書いた劇言語を、覚えるまで読んで、演じること。上演された作品を通して出会うのではなく、つくるというプロセスを通して出会っていく。私の役割は、稽古場で出演者たちが多和田さんの言葉に出会う、その空間と時間を演出することだ。

多和田さんの戯曲の中から『動物たちのバベル』[3]を上演したいとお願いした。『動物たちのバベル』には動物しか出てこない。この動物たちが、上手な台詞回しと素晴らしい形態模写で演じられることには興味が持てなかった。代わりに、いい加減な動物の仮装《コスプレ》をした人々が、自分のテーブルの前に「リス」とか書いてあるネームプレートを置いて、国際会議のように話し合う情景が浮かんだ。三幕構成なので三つのグループにわけて上演すれば各幕の上演時間は二〇分程度と短いし、いざ参加者がセリフを覚えられないという時には同じ動物同士でプロンプして助け合えばいい。国際会議で同時通訳用のイヤホンをしているならば、そこにセリフを流してもいい。バベルの塔建設をめぐるフォーラムシアターのような形。出演者を公募してつくる演劇は初めてだったけれどイメージがするすると浮かんでいた。こうして、公募参加者と共に多和田葉子の言葉の海を旅する『動物たちのバベル』上演企画が実現することになった。

3 劇場ロビーにて

二〇一八年六月、(4) 出演者募集の告知も兼ねて「表現を楽しむ　演劇の入り口ワークショップ」を行った。中学生から七〇歳まで幅広い参加者が集まり、ファシリテーションには、国立市に活動拠点を置いている「えんがわカンパニー」のおきなお子さんと加藤礼奈さんにも加わってもらった。

メインのワークとして用意したのは、新聞紙を使って動物の仮装をするというもの。ホールにお願いして古新聞をとっておいてもらえば、それだけでいい材料になる。折る、切る、割く、ねじる、丸める。変形させるのに道具が要らない。一面がどれくらいの大きさか感覚的に身についているので作業がしやすい。軽いので接着も簡単、ノリ、テープ、ホッチキス。三〇分くらいの短い時間で、動物の仮装ができあがる。長い首にひらひらの鬣《たてがみ》を付けたキリンや、牙を持ったマンモス、羽をつけたニワトリ。一目でネコとわかる新聞ネコもいれば、新聞紙をかぶった怪しい何かもいる。『動物たちのバベル』には登場しない動物たちもいた。

仮装ができたところで、それぞれの動物の鳴き方＝喋り方を練習する。キリンの声を知らないなんてことに気付くけれども、それは想像力でカバーしてもらう。そして、人間への文句を動物の言葉でそれぞれ披露してもらった。動物語に動物の身振りでの主張は、完全に理解することはできない。喋っている方も、聞いている人間のポカンとした顔を見ると伝わっていないとわかるので、必死に話しかけてきたり半ばあきらめて好き放題やったりで、それはその動物の習性なのか演じているその人の性格なのか、その曖昧さの中にユーモアが溢れていた。

このワークの最後に、動物たちが一群となって大きな円をつくり、ぐるぐると歩いて人間に対するデモを行った。ここでは、参加者の共通語である人間語（今回は日本語）での主張のあと、他の動物たちが賛同の鳴き声を上げるという方法で行うことにした。例えば、ネコが「鬱陶《うっとう》しいから離れて！」と言えば、ゾウがパオーンと応えるようなデモ。小さい動物から大きい動物まで一緒に歩くその中間のあたりに、やや内向的な様子で歩みを進める動物がいた。その動物は自分の番が来ると「人間の夢ばっかり食わせるな!!」と叫んだ。「貘《ばく》」だった。怒っていた。強烈な一言だった。架空の動物、貘は、人間の悪夢を食べると言われている。人間が勝手に描いた夢を食べさせられるだけでもうんざりなのに、悪夢を食べさせられるなんて、本当にたまったもんじゃないだろうなと納得した。この貘という存在が『動物たちのバベル』上演のピースとしてはまっていくことになる。

　いろんな経験と世代のメンバーが集まった二回のワークショップは動物たちのデモで幕を閉じ、夏の間をかけて出演者の募集を行い、八月末には一八人の出演者が決まった。幕ごとに集まる出演者が違うので、それぞれに稽古の進行や演出方針が異なり、まるで三つの違う小作品を同時並行してつくるような、大変な日々が始まることになった。

4 ……劇場倉庫にて

『動物たちのバベル』は「ある大洪水の後」に始まる。ノアの箱船に乗り込み危機を逃れた六種の動物。イヌ、ネコ、リス、キツネ、ウサギ、クマ。「人間の時代[6]」が終わり、彼らに残されたのは「腐らない未来を保証してくれる[7]」缶詰の山。

　第一幕を演じるのは一〇代の大学生から三〇代の社会人の六人。平日の夜に授業や仕事を終えて集まるため、稽古時間は毎回二時間半から長くても三時間ととても短い。と言いながら、七回しかない稽古のほとんどの時間を遊びながらつくり続けたのが第一幕。最初に取り組んだのが、動物ヒーローの華々しい登場場面。以下、一回目の稽古の記録より、出演者自身による創作。

イヌ　赤い首輪は愛の証　赤茶ドッグ！
ウサギ　長い耳であなたをつつむ　薄茶ラビット！
ネコ　嫌いだけど好き　青茶キャット！
リス　大きな尻尾がチャーミング　黄茶リス！
クマ　人間こわい　近づかなければ大丈夫　焦茶ベア！

※この日、キツネは狩りでお休み

全員茶色じゃないか！　と、みんなで笑った。一見本編からは遠いような作業を展開しながら、戯曲を読み込むレイヤーを豊かにしていく。上演では、映画『二〇〇一年宇宙の旅』で有名なリヒャルト・シュトラウスの『ツァラトゥストラはかく語りき』の導入部が流れると、開演前には舞台に低く降りていた照明機材がバトンごと天井へと上がっていき、同時に舞台後ろの倉庫が開けられる。倉庫から逆光で照らされる動物たちは宇宙飛行士のように登場し、それぞれにヒーローへの変身をして登場ポーズを決めた。

別の日、ゲストとして台湾の振付家・ダンサーの葉名樺《イェ・ミンファ》と、当時日本に住んで人形遣い・舞踏家として活動していた四川の鄒思揚《ゾ・スーヤン》が稽古場に来てくれた。葉名樺は、アジアン・カルチュラル・カウンシルのフェローとして日本に滞在していて、ひと月ほど前に知り合ったばかりだった。その名樺が友人の思揚と共にリハーサルを観に来たいというので、それならば参加してほしい！　とお願いした。(8)

ゲストの二人と共に取り組んだのは「漂流者」。『動物たちのバベル』において、ノアの箱船に乗ってきた動物たちは創世の物語における種のプロトタイプでもあり、現在まで続く難民の表象でもある。内戦や迫害から逃れるために、ゴムボートや木製の舟に乗り込み、海を漂う人々の姿。自ら生まれ育った土地を離れ、異郷の地を移動し続ける。

葉名樺と鄒思揚にこのワークに加わってもらい漂流する人々の短いシークエンスをつくった。二人のダンサーの力を借りてのチャレンジだった。上演では、先ほど堂々と登場した動物たちが変身した状態から我に返り、居場所を求めて世界を漂う場面が始まる。動物たちは辿り着いた難民キャンプで、震えながら身を寄せ合っている。キャンプの片隅には食料の缶詰が置いてある。そこに、一発の爆弾の音が鳴り響く。人間が地球上からいなくなっても、人間がつくった爆弾は残っているだろう。

さて、そろそろ芝居のお稽古に入ろう。

第一幕は日本語によって書かれた多言語の演劇である。イヌ語、ネコ語、リス語、キツネ語、ウサギ語、クマ語。それぞれの動物がそれぞれの言語を話している。動物の言語があるけれども、人間が演じている。さらに、演じている人たちの共通語として日本語がある。だからセリフが日本語になって話されているのだが、動物たちは通訳なしに互いの言語を理解し合って話をする。動物たちの間には国語も標準語もない。未分化のままの言語が戯れている。日本語を流暢に話すニホンホモサピエンスが日本語で書かれている動物の言葉を話すにはどうしたらいいのか。これが一幕の課題。一幕の出演者はみな、日本語が上手に話せる。困った。慣れ親しんでいる(つもりになっている)日本語のリズムを壊す必要がある。そこで動物たちの鳴き声が最初のとっかかりになった。

本書中の「カキタイカラダ」(九六~一一二ページ)で紹介している『夜ヒカル鶴の仮面』では、リーディングと仮面劇という構造によって俳優にいわば動物(ここでは鶴)が憑依する形で人間の言葉の中に鶴の鳴き声が挿入される。もちろんそれは俳優の意思によって挿入されるのだけれども、本人の意思では制御されない/できないところに鶴の叫びが上がることで「通訳—姉—鶴」という融合した何かが出現する。『動物たちのバベル』の場合、この二重三重の構造はなく初めから動物

たちが話しているという場面が成立しなくてはいけない。人間が動物の言葉を話している状態では不十分で、最初から動物たちの声が聞こえていなければいけない。

動物たちはなぜ人間が絶滅したのか議論をしている。この議論のセリフの間には、共感や驚き、そして反論があるはずで、その反応がすべて動物の反応であればいい。動物のリアクションというのが第一幕のキーとなった。動物のリアクションがある限り、第一幕は遊びに溢れた即興として成立する。動物が話す、動物が聞く、動物が会話する、動物たちのバベル。

キツネ　人間がいなくなってよかったと思う?

ウサギ　正直言って、どっちでもいい。あなたは?

キツネ　どっちでもいい。どちらかに投票しろと言われたら人間のいない地球に賛成する。

クマ　賛成。

リス　どっちでもいい。

ネコ　人間がいた方がいい。

イヌ　人間がいない世界なんて意味ない!　人間がいなければ、イヌという単語も存在しない。(長い間)でもイヌであるということが自分にとってそれほど重要なのかどうか。[9]

fig. 3
ネコが「二本脚の独裁が終わって……」と言う場面
多和田葉子作／川口智子演出『動物たちのバベル』
くにたち市民芸術小ホール［2018年11月］

そして、動物たちはクーンとかなんとか動物の声を上げて首をかしげる。ディストピアなシルバニアファミリーみたい。そこに、ストロボのバシャンという音。動物たちがキャンキャンと鳴き声を上げて舞台から逃げて行く。

5 ……………舞台袖にて（小休止）

幕ごとにキャストが変わるこの上演で大きな役割を果たしたのが角田美和による衣裳だ。ロンドン在住の角田さんはパフォーマティブなジュエリーとでもいうような作品をつくるアーティストだ。彼女に、着脱可能な動物パーツ、耳や尻尾、装飾品を、いろんな言語の新聞紙でつくってもらった。第一幕に動物たちがつけていた耳は、二幕のメンバーへとバトンタッチ。三幕のメンバーを中心に舞台上では場面転換。机と椅子とが運び込まれて舞台は会議室になる。この間、舞台下手手前に山積みになっていた缶詰のいくつかが開けられる。動物たち、缶詰、食べてしまったんだね……。

6 ……………多目的スペースにて

第二幕。「バベルの塔の建設[10]」をめぐって動物たちが話す、第二幕は抱えている問題に現在進行形で向き合う場面だ。人間のように服を着て、人間化した振舞いをする動物たちが忘れてしまったのは、未分化のままに戯れていた動物たちそれぞれの言語だ。二幕の言語は標準化され、管理される言葉に一歩近づいている。自分の言語を忘れるということは、自分が誰であるかがわからなくなることでもある。床屋の主人であるクマは「お客様の髪の毛の中の遺伝子情報を守るために居間の暖炉で切った髪の毛を毎晩燃や(11)」すという。さらに「最近、消えてしまった死体がたくさんある(12)」と話す。死体が盗まれるのはアイデンティティやルーツの喪失で、それは、彼らがひとつ前の場面でのことを忘れてしまっている、過去との接続がない状態も指している。

この二幕を演じるのは二〇代、三〇代の学生と社会人で、特にフリーランスで演劇活動をしているメンバーが多い。土日の午前〜午後の四時間×七回が二幕の個別の稽古。二幕はなんといっても言葉と言葉の掛け合い、話の重心が移動し続け、ライブであること、そんな動物たちのフォーラム。時間にして二〇分強。セリフだけでどんどん展開されるこの場面をつかむために、稽古の初期の段階から通し稽古を繰り返した。常にライブである、即興であることを成立させながら、きちんと話を展開していくこと。忍耐力を要する稽古ではあるのだけれど、多和田さんのクスリと笑えるセリフが効いてくる。真面目にやればやるほど、この議論の滑稽さが浮き彫りになる。

ウサギ　タマネギ、好きですか？

リス　え？[13]

バベルの塔をめぐる議論は突然「タマネギ」にとって代わられる。

ウサギ　（独り言）実はさっき「バベル」と言うつもりで、言い間違えて「タマネギ」と言ってしまった。全然似てないのに。それ以来、みんなタマネギの話ばかりしている。まあいいや。今更ひきかえせない。[14]

まさかの言い間違い。そして動物たちは「（独り言）」ばかり話すようになる。標準化されつつある言語で話していたはずの動物たちなのだが、ここではまったく話が通じていない。終盤は議論ではなく、すれ違った独り言。あたかも、このフォーラムの場がバーチャルなもので、ビデオ通話の向こうのＡＩと話していたかのような、そんなすれ違い。

『地球にちりばめられて』刊行の際のインタビューで、多和田さんは「いろんな言語があったほうが高い塔が建つんじゃないかと思う[15]」と話している。第二幕の動物たちはあやうくひとつの言語を話そうとしていたのかもしれない。だから、バベルの塔建設のプロジェクトは始まることがなく、動物たちは一万年の時を待ち続けることになる。

7……自宅作業机にて（休日）

現実に起こったことについて、それは当事者もしくは当時を知る人間しか語ってはいけないことだろうか。第三世代もしくは第三者の文学の可能性だ。ホロコーストの文学において、その第一世代は当事者たちが語ったもの。プリーモ・レーヴィ、エリ・ヴィーゼル、ヴィクトール・フランクル……。第二世代は、その子どもたち、例えばエヴァ・ホフマン。では、第三世代は？[16]　物語は保存された時点で博物館にある恐竜の化石のようになってしまう。キャプションで語り継いでも、そこには肉体が伴わない。プロセスを思考すること。それが「第三の私」が世界と対峙する方法のひとつではないか。

8……劇場舞台にて

氷山はたまにひっくり返るという話を聞いた。氷山というと白い氷の山をイメージするけれど、海からザバーンと（どんな速度なのだろうか）一八〇度ひっくり返って出てくる氷山は空気が絞り出されて透き通った青い色をしている。何万年も時を重ねて降り積もった氷の大塊から切り離され、海に流れ出て、たまにひっくり返る。氷山の一生は、一体どんな時間のスケールなのだろう。

『動物たちのバベル』第三幕は、氷山の時間だ。「みんな人間と動物の中間くらいの状態にいる」[17]。新聞のパーツは耳と大きな尻尾。舞台上にもたくさんの新聞紙。缶詰はすべて食べてしまって、動物たちが舞台に横たわりぐうぐうと寝息を立てている。舞台中央に見慣れない動物が一匹。戯曲には登場していない動物、バク。

第三幕は五〇代から七〇代の七名で演じる。土日の二幕の稽古のあと、一回の稽古は二時間から三時間でまとまる。三幕チームのLINEグループでは膨大な量のメッセージがやりとりされていて、稽古時間より早く集まってロビーで話し合いをしている。本当の稽古の時間は出演者のみなさんの日常の中に散りばめられていたのだと思う。

第一幕が未分化の多言語、第二幕が標準化される言語だとすれば、第三幕は翻訳者の登場。いつまで待っても始まらないバベルの塔の建築。そこで「上からの指示を待たないで、自分たちだけでバベル・プロジェクトを始め」[18]ることにした動物たちは、バベルの塔がどのようなものかを考える。バベルの塔は自分たちの家で、自分たちの安全を守ってくれる場所でなければいけない。それぞれの動物によって、住みたい場所は違う。「洞窟の中」「木の下」「高い木の上」「地下室」[19]。話が一向にまとまらないので、動物たちは翻訳者を選ぶことにする。

fig. 4
新聞紙シェルターで動物たちが身を寄せ合う
『動物たちのバベル』（fig.3 参照）

リス　ボスではなく翻訳者を選んでみたらどう？　自分の利益を忘れ、みんなの考えを集め、その際生まれる不調和を一つの曲に作曲し、注釈をつけ、赤い糸を捜し、共通する願いに名前を与える翻訳者。[20]

「意外なやり方でクジ引きが行われ」[21]リスが選ばれる。そして、リスがそれぞれの動物たちの希望を翻訳し始める。動物たちは床に散らばっている新聞紙をかき集め、ねじったり結んだりして新聞紙をつなげて全員が入れるシェルターをつくる。言葉でびっしりと覆われた新聞紙をむしろ動物が支えるような形で、「ダイナマイト」や「核兵器」[22]どころか風が吹けばあっという間に壊れてしまうか弱いシェルター。それでも動物たちが初めて一緒にいられる場所をつくった。ところが、安心もつかの間、動物たちは自分たちの近くに海が迫っていることに気付く。遠くで爆弾の音が聞こえる。動物たちは新聞紙のシェルターの中で身を寄せ合い、話をしている。爆弾の音が少し近づいている。

シェルターの中からイヌが人間の姿を発見する。人間は絶滅したはずだ。疑う動物たちも客席に人間の姿を見つけ、それぞれに質問をし始める。この間、爆弾の音はまた少し近づき、

同時に、海が近づく音も聞こえてくる。動物たちは舞台から客席の方へ、海の方へと近づいていく。そして、絶滅した人間に尋ねる。

ウサギ　あなたはもし何でも知っている人に、一つだけ質問していいと言われたら、どういう質問をしますか。(23)

舞台脇に座っていた一幕と二幕の動物たちもその流れに従い、どんどん客席の方に溢れ出て質問を続ける。ト書きの通り事前に録音された五〇名ほどの分の答えが、波の音にまざって聞こえる。

照明の横原由祐のプランでこのころには舞台の色はモノクロに変わっている（トンネルの中のオレンジ色の光の世界を想像してもらえるといい）。辞書のページがハラハラと舞い始める。(24)爆発によって吹き飛ばされる言葉の灰。その舞台に、一匹の動物が残っている。バクだ。バクは、第三幕の間一度も口をきかずに動物たちの言葉に耳を傾けていた。舞台の中央でほぼ動くことなく、自分の位置を変えずにシェルターにも入れてもらった。透明な動物。

そのバクが海の音を聞き、降り続ける辞書のページの下で、足を踏み鳴らす。バクは怒っている。人間の夢ばかりを、人間の悪夢ばかりを食べさせられるバク。バクは、舞台から降りることなく地面を踏み鳴らし続ける。言葉を殺すな。バクの声が聞こえるだろうか。透明

fig. 5
『動物たちのバベル』（fig.3参照）上演後に
前列の左から４人目が多和田、右から２人目が筆者

ではない。そこにいる。

9　海のこちらの劇場で

国という概念のない世界。国を持たず、国境を持たず、留まることをせず、流れ続ける。国のために戦うことはせず、しかし、国に守ってもらうこともない。概念の国境をつくらず、目に見えない国境を越える。ある者は時間を求めて氷山へと向かい、ある者は信仰を求めて森へと向かい、ある者は歌を求めて太陽へと向かう。必要があれば同じ船に乗って、他の種の子どもを育てることができる。言葉には、国はない。動物にも、国はない。劇場もそうでありたいと思う。

お礼

創作の機会をくださったくにたち市民芸術小ホール、とりわけ逆境こそを楽しみいろんな相談に乗ってくれるプロデューサーの斉藤かおりさんと制作スタッフのみなさん、創作現場に安心安全をくれる横山弘之さんと劇場スタッフのみなさん、そして温かく見守ってくださる松澤純一館長、一八名の出演者、シーンづくりに参加してくれた葉名樺、鄒思揚、辻田暁、最後の質問に答えてくれたみなさんと韓国語を吹き込んでくれた鄭慶一、大変な思いをしながらすべての稽古についてくれた横川敬史、最初のワークショップで獏／バクを登場させ、照明操作をしてくれた野田容瑛、いつも私のわがままをきいて粘り強く作品をつくってくれる照明の横原由祐、衣裳の角田美和、二〇〇五年『エクソフォニー～母語の外へ出る旅』から言葉の本当の魅力を見せてくれて、稽古を笑いながら見てくれた多和田葉子さん、そして『動物たちのバベル』を観に来てくださったみなさまに心からお礼をお伝えします。ありがとうございます。また、劇場でお目にかかりましょう。

上演記録

「**多和田葉子　複数の私　Vol.3**」**演劇公演『動物たちのバベル**』
二〇一八年一一月九日（金）　くにたち市民芸術小ホール
作：多和田葉子　演出・美術：川口智子　照明：横原由祐　衣裳：角田美和　舞台監督：横山弘之（アイジャクス）　演出助手・音響操作：横川敬史　照明操作：野田容瑛　協力：葉名樺、鄒思揚、辻田暁、鄭慶一　ワークショップ協力：おきなお子、加藤礼奈　制作：斉藤かおり、青山雅音、中島さゆり（くにたち市民芸術小ホール）

出演（五十音順）：一色亮介、加藤礼奈、久保田正美、熊田香南、佐藤満、渋沢瑶、末松律人、高橋博子、武田あやめ、武田怜実、棚田真理子、中嶋祥子、畠山栄子、堀満祐子、前川悦子、松井千奈美、森口京子、横川敬史

注

（1）読売新聞都民一四版　二〇一九年一一月九日、三三面掲載。
（2）くにたち市民芸術小ホール（公益財団法人くにたち文化・スポーツ振興財団）主催事業「多和田葉子　複数の私」二〇一六年より二〇二〇年現在、継続中。
「vol.1　ブックアートを巡って　美術家とのコラボレーション」二〇一六年九月一四日。

「vol.2　朗読パフォーマンスの軌跡　高瀬アキを迎えて」二〇一七年一一月一二日。

「vol.3『動物たちのバベル』」二〇一八年一一月九日。

「vol.4　わたしのことば、わたしのくにたち　朗読会」二〇一九年一一月六日。

「関連企画『夜ヒカル鶴の仮面』『オルフォイスあるいはイザナギ』リーディング」二〇一九年一一月一六日。
（3）多和田葉子『動物たちのバベル』（『献灯使』所収、講談社、二〇一四年）。
（4）二〇一八年六月一七日（日）、二四日（日）。くにたち市民芸術小ホール音楽練習室にて。
（5）各幕の稽古は七回ずつ、合同の稽古が二回。劇場での稽古が各幕一回ずつと、全体での舞台稽古が一回。四〇日間の濃厚な稽古の日々の成果として、そののちに市民劇団「チーム第三幕」として活動が始まったり、「バベルファミリー」として現在も交流が続いていることはとても嬉しい。
（6）多和田、前掲書、二二三頁。
（7）同前、二二三頁。
（8）素敵な出会いだった。出会った瞬間から旧友のように喋り続け、この稽古日の帰り道にはいつか一緒に作品をつくることになるだろうと互いに直感した。二〇二〇年三月に渋谷 space EDGE で

初日を迎えたコンテンポラリー・パンク・オペラ『4.48 Psychosis（4時48分 精神崩壊）』（作：サラ・ケイン）に出演予定であったが、新型コロナウイルスの感染拡大を受け来日を見合わせることになり、初演には声の出演となった。現在、本作はイギリスでの上演が延期になっている。リハーサルの途中で別れたままになってしまった葉名樺との協働も待ち遠しい。

（9）多和田、前掲書、一三四 - 一三五頁。
（10）同前、一三六頁。
（11）同前、一四八頁。
（12）同前、一四八頁。
（13）同前、一五一頁。
（14）同前、一五二頁。
（15）多和田葉子氏インタビュー「沼のなかから咲く蓮の花のように」「週刊読書人」、二〇一八年五月一八日号。
（16）第三の作家のひとりとしてイギリスの劇作家サラ・ケイン（一九七一 - 一九九九）を挙げたい。ケインは"Cleansed"（一九九八年ロイヤルコート劇場にて初演、邦訳『洗い清められ』近藤弘幸訳）をボスニアとドイツで起ったことの応答（Saunders, Graham "Love me or kill me" 九四頁）として書いたとしている。人の身体に棒を突っ込んだり、切断したりする過激な拷問の場面や、性的な場面、水仙が床を突き破って天井まで生えるなどの通常の舞台装置では解決しにくいト書きの多い戯曲だ。

ドクターと呼ばれる登場人物ティンカーは、ナチスの医者ヨーゼフ・メンゲレを想起させる。ティンカーズはアイルランドやイギリスのトラヴェラーの集団名のひとつで、ものを修理するのが得意と言われた。ティンカーによるグレイスの性転換手術などもこれと結びついている。

ここで、ティンカーは収容されながらも権力の側にいるいわゆるカポとして書かれている。（ちなみにケインの"4.48 Psychosis"には第二次世界大戦中、戦後の神経学者たち、特に最初のルーコトミーを行ったエガス・モニスやロボトミストと言われたウォルター・フリーマンとの連関、精神疾患を患っていた人々（その中には帰還した兵士や収容者も多くいただろう）のモチーフ、現在地からの語りという側面がある。」

描かれている拷問の場面は、一九九〇年代における戦争の描写でもある。ケインは「実際に起きたことを描いているのはわかるが、それを舞台で見せる必要はあるのか?」と聞いてくる記者たちに対して「すでに起ったと知っていることを見る必要はある。そして、もっとよく理解するために、別の方法で示さなければ。」（Saunders, Graham "About Kane : The Playwright and the Work" 一〇三頁）と語っている。

前述の身体の切断についても、「実際に足を切ってということではない」（同前、九三頁）としており、同時に、「"Cleansed" は暴力についての作品ではなく、人々がどれだけ愛するかについての作品だ」（同前、七四頁）として、ロラン・バルトーの『恋愛のディスクール』の「破局」に書かれている限界状況、「ダハウに収容された人びとの状況」（三好郁朗訳、七五頁）を引用し語っている。

サラ・ケインの戯曲上演には一〇年以上取り組んでいる。私の脳内劇場のロビーにいつも彼女が座っているような感覚だ。煙草の煙をくゆらせながら。実際に会ったことはないけれど。きっとスタッカートの入ったような英語を早口で話す。聞いたことはないけれど。そんなわけで、多和田さんの作品を上演している私の脳内劇場にも、たまに様子を見に来ているようだ。

（17）多和田、前掲書、二五四頁。
（18）同前、二五四頁。
（19）同前、二五六頁。
（20）同前、二五七頁。
（21）同前、二五八頁。
（22）同前、二三八頁。

（23）同前、二六四－二六五頁。
（24）戯曲のト書きでは、「そのうち、上から舞台に夏のにわか雨のようにたくさん辞書が落ちてくる。（中略）公演後には家に帰る観客に一冊ずつ配る」同前、二六五頁。

〈作品論〉

多和田葉子の戯曲『動物たちのバベル』を読む

谷口幸代

1 ……………大災害後の世界を描く二篇の戯曲

多和田葉子の『動物たちのバベル』は、イスラエルの演出家モニ・ヨセフの提唱による国際バベル・プロジェクトのために執筆された全三幕の戯曲である。国際バベル・プロジェクトは、イスラエル、パレスチナ、イタリア、ドイツなどから劇作家や俳優が参加し、『旧約聖書』のバベルの塔の話を下敷きに演劇作品を創造する試みで、(1)『動物たちのバベル』はその日本版の作品として書き下ろされた。(2)

初演は二〇一三年八月七日から一〇日で、東京・両国のシアターX《カイ》で演出家を置かずに参加者が共同演出する方式で上演された。再演は二〇一五年一月一八日で、同じくシアターXで舞踏家の古関すま子の構成・演出によって上演された。その後、二〇一八年一一月九日に川口智子の演出により、くにたち市民芸術小ホールで市民参加劇として上演された。一方、ドイツ語版による上演は管見では二〇二〇年三月現在でまだ行われていない。

これまでにこの戯曲を取り上げた文献に、日本語版とドイツ語版を比較検討した越川瑛理「「越境文学」を望む――多和田葉子の *Mammalia in Babel* と「動物たちのバベル」(3)」、川上弘美「神様 2011」と本作をジョルジョ・アガンベンの動物論から考察した清水知子「動物と亡霊――破局の時代の生存のエクリチュール(4)」、エコ・クリティシズムからポスト3・11の文学を読み解く芳賀浩一『ポスト〈3・11〉小説論――遅い暴力に抗する人新世の思想(5)』等がある。これらで指摘されているように、本作は小説『献灯使』をはじめ、東日本大震災や福島第一原発事故をめぐる問題を扱う系列作の一作であるが、同系列作品を集めた『献灯使』(講談社、二〇一四年)の収録作中唯一の戯曲作品ということもあってか、他の多和田戯曲との関連にはこれまで注意が払われてこなかった。この点は本作を読むためだけでなく、多和田文学と3・11について、また戯曲家多和田葉子を考える上で等閑視すべきではないと考える。

戯曲というジャンルに関して、多和田は自身の戯曲創作歴にふれ、「ジャンルとしての戯曲を書いたわけではなく、どんなテキストにも声や動きになりたがっている部分があると思って書いた[6]」と述べる。多和田は日独両言語で戯曲を創作し、ドイツでは戯曲集も刊行されているが、戯曲というジャンルに限らず、文学テキストには本来演劇的なものが含まれていると考えていることがわかる。二〇〇三年のこの発言は、その後も朗読やパフォーマンスを精力的に続ける多和田の基本的な考え方と捉えられよう。

しかし、その一方で、震災や原発事故を扱う問題系の作品を執筆する際に、小説だけでなく、戯曲というジャンルが強く意識されていたことが、『言葉と歩く日記』の一節から確認できる。同書は日録形式の新書で、多和田は「日本語とドイツ語を話す哺乳動物としての自分」(二三二頁)の「一種の観察日記」(同前)だと説明している。二〇一三年二月九日に劇団らせん舘と演劇の企画について話し合ったことが記されている。そこでは、次のように、演出家や俳優との交流によって舞台言語の構想が明確に浮かび、戯曲創作への熱意が高まる様子が見て取れる。

話しているうちに、日本の舞台で発してほしい言葉が浮かんできた。まっすぐ投げられる言葉。会話の断片。ほとんどの人の耳には届いていない福島で交わされる会話。新しい芝居を書きたい。それをぜひ日本で舞台にしてほしい。

（『言葉と歩く日記』、岩波新書、二〇一三年、八八頁）

ここで言及された計画が実を結び、この年に劇団らせん舘に戯曲『夕陽の昇るとき～STILL FUKUSHIMA Wenn die Abendsonne aufgeht～』（以下、本稿では『夕陽の昇るとき』と略す）が書き下ろされる。この戯曲は、母と娘、たぬきとラーメン屋などが対話する一〇の場面から、「ほとんどの人の耳には届いていない福島で交わされる会話」を鮮やかに浮かび上がらせ、原発事故の影響を受けて放射性物質の危険にさらされた人間と動物たちの暮らしぶりをリアルに描き出す。二〇一三年八月一八日、同劇団によってドラマリーディングとして芦屋市谷崎潤一郎記念館で上演され、翌二〇一四年に日本とドイツで本公演が行われた。[7] テキストは活字化されていない（二〇二〇年三月現在）。『動物たちのバベル』と『夕陽の昇るとき』の起稿、脱稿の時期を詳らかにすることはできないが、二篇の戯曲は上演の開始時期から考えて同じ頃に執筆されたと推察される。東日本大震災と福島第一原発事故を受けて大災害後の世界を描く二篇の戯曲は、被災と〈境界線〉・〈労働〉・〈言葉〉に関する問題意識を共有し、相互に響き合いながら創作されたというのが私見である。そこで、以下では『夕陽の昇るとき』との連関に目を向けながら『動物たちのバベル』を読み解き、多和田の演劇世界の特質を考える一助としたい(8)。

2 ……大災害後の人間と動物の世界

まず、『動物たちのバベル』の基本的な枠組みを確認しておこう。この戯曲は、第一幕が「ある大洪水の後」(二二二頁)というト書きから始まる。『旧約聖書』のノアの箱舟の話を下敷きにし、東日本大震災の大津波を想起させる設定である。ノアの箱舟の話では、「正しい人間」のノアが神の啓示を受けて自分の家族とあらゆる種類の動物を箱舟に乗せて洪水から救うが、この戯曲は、生き延びたイヌ、ネコ、リス、キツネ、ウサギ、クマの六種類の動物による会話劇の趣向をとる。その中で、人間については、「大洪水」で「絶滅」(二二九頁)したとウサギやクマが噂する。まだ絶滅したとは限らないと反論するのはイヌだけだ。

人間の生存が示唆されるのは、第三幕の最後である。観客席に向かって、イヌが「あれ、そこに人間がいる」(二六三頁)、ネコが「本当にいる、正真正銘の人間だ」(二六四頁)と台詞を発して、生存者を発見する。動物たちは次々に「観客または観客になりきった俳優の一人を選んでその人」（同前）に質問を投げかける。「あなたは、今回の大洪水で奇跡的に生き残った一人の人間として、これからどんなことをしたいと思いますか」（同前）といった深い思考を促す質問ばかりだ。その時、動物たちが観客席の方を見ることで、それまで舞台上の演技を見ていた実際の観客、あるいは観客役の俳優が、発見される立場に立たされる。それによって、観客や観客役の俳優は、実は七番目の動物である「人間」という役で、舞台に参加していたことが明らかになる。

つまり、動物たちの対話から人間、及び人間社会のあり方を浮かび上がらせ、それをほかならぬ人間に聞かせるところにこの戯曲の基本的枠組みがある。登場する動物たちはみな片仮名表記の分類名で呼ばれ、それぞれの立場から、人間とはどのような存在であったのかを振り返り、意見を述べ合う。動物たちの対話から浮かび上がるのは、たとえば、人間による河川整備とそれに伴う自然環境の破壊である。「人間たちは川にコルセットをきせて細く絞ったり、川にコンクリートを塗って化粧をほどこしたり、川の鼻面を引っ張って流れを変えさせたりしていたから、ある日、川の怒りがあふれて、洪水になった」（一三〇頁）というクマの台詞は、河川を擬人化し、河道の採掘やコンクリート護岸工事等の人為的行為を、身体の装飾・加工行為にたとえながら、洪水は人間の自然環境破壊がもたらしたという見方を批判的に提示する。

その他、ウサギは、「ノアの箱舟の船長が人間を乗せなかった」(二三二頁)、「人間たちは、お金を払って乗船券を買えば誰でも船に乗れる、と思っていた」(二三三頁)と述べ、人間が自分たちの作り上げた貨幣経済システムを過信したために滅びるに至ったという可能性を提起する。また、人間たちは「ノアの箱舟の船長」を「軽蔑」(二三二頁)していたというウサギと、「船長は美女で、下半身が魚。彼女の夫もやはり女で、背中に羽根が生えていたっけ」(同前)というクマの対話からは、同姓婚や異類に対する人間の差別や偏見が示唆される。さらに、「戦争が好きだった」(二三四頁)というクマと、「武器を売るのが好きだったと言うべきじゃないかな」(同前)というウサギの対話からは、戦争や紛争が絶えることのない人間の歴史の暗部が浮かび上がる。その他、消費者行動中毒や対人依存といった社会問題も照射される。

観客、または観客役の俳優は、人間という配役で演劇に参加し、こうした会話を聞くことを通して、動物の視線から相対化された人間存在に向き合い、自らを見つめ直すことになる。このことは、前掲の清水論文が立入禁止区域に言及した上で、「人間=観客が、動物たちと同じ世界にいるにもかかわらず、自らがそこに分断線を引いて世界を眺めていたという事実に気づかされる」(9)と述べているように、舞台空間には居住者がペットや家畜をやむなく置いて避難した被災地のありようが反映されており、そこに生きる動物たちはいわゆる被災動物と捉えることができる。残された動物たちの側に立てば、大災害の発生を境に姿を消してしまった人間たちは絶滅したように感じられたとしても不思議ではない。舞台上と観客席との間の境界線は立入禁止区域を明確化し、初演がそうであったように演出で俳優が舞台から観客席に降りることがあったとしても、戯曲内ではあくまで舞台空間と観客席との分断は保たれる。したがって、この戯曲をテキストとして読む、あるいは上演された舞台を見る行為は、人間が立入りを禁じられて無人となった被災地に生存する動物たちの姿や声を、人間がその区域の外から見たり、聞いたりする行為と重ねることができるのであり、この戯曲は舞台空間と観客席に各々の空間的意味が付与されて劇場全体を被災後の世界を表象する演劇空間として創出していると言える。

この点に関して、『夕陽の昇るとき』に目を向けたとき、この二篇の戯曲が〈境界線〉という問題意識を共有していることが浮かび上がってくる。『夕陽の昇るとき』では、「娘のために、野菜はなるべく遠くでできたものを買うようにしています。ここは、危険ですから。そこの方がまだましです。でも、そこより、あそこの方がもう少しましです。あそこより、あっちの方が安全です。あっちより、はるか彼方の方が安全です。遠ければ遠いほど安全なんです」という台詞から、野菜の生産地の位置を細分化する母親の姿が描き出される。自分が位置する地点や食の安全性を原子力発電所からの距離に応じて推し量る姿を通して、内在する〈境界線〉を可視化するのだ。このように『夕陽の昇るとき』と突き合わせてみると、これら二篇の戯曲は被災後の世界に引かれる〈境界線〉が孕む問題を取り込んで、各々の世界を形作っていることが確認される。

3……………〈バベル・プロジェクト〉とは何か

『動物たちのバベル』の観客は第二幕で、境界の向こうで被災後の〈労働〉と〈言葉〉をめぐる問題が提起されるのを目撃することになる。「バベルの塔」（二三六頁）建設の「プロジェクト・オフィス」（同前）に場面は転換し、動物たちは「招待状」（二三七頁）を受け取り、その「プロジェクト」に参加するために、ここに集ったという設定である。クマがパンフレットの記載内容を次のように読み上げ、「プロジェクト」の趣旨が明かされる。

クマ　（声を出して手に持ったパンフレットを読んでいる）
政府は、首都の東北方面に我が国の栄光にふさわしい立派な要塞の建築を予定している。高さは世界一高い塔よりも一センチ高く、外壁は放射能を通さない。この要塞は真上から見おろすと、渦潮の形をしている。真ん中には塔があり、インターネット、携帯電話、テレビ、ラジオなどあらゆる波を管理することができる。この要塞はあらゆる襲撃から国を守るだけでなく、伝染性のイデオロギーからも守ってくれる。
五メートルの厚さのある要塞の外壁の中には住居が造られることになっている。要塞

建築の協力者は後にその住居に住むことができる。（二三五～二三六頁）

「要塞」と呼ばれることから軍事的意図をもち、「外壁は放射能を通さない」とあることから、軍事的攻撃と放射能の二重の脅威を想定した建築物の建設事業であると諒解される。また、現実世界で原発事故の起きた発電所の位置を連想させる「首都の東北方面」という表現は、赤坂憲雄が『震災考　2011.3-2014.2』（藤原書店、二〇一四年）等で訴えた、電力の供給をめぐる東北の見えない透明な植民地性を想起させる。したがって、動物たちは、「首都」の利権のために「東北」を隷属させる統治支配構造下で、危険な建築事業の労働力として導入されようとしていることになる。

原発をめぐる労働に関して、『夕陽の昇るとき』では、「あそこ行けば、誰でもすぐ毎日雇ってくれるよ。日雇いで一日一万円くれるらしい」というラーメン屋と、「あんなところで働いたら病気になるよ。三十まで生きられたら奇跡だそうだ」という少年の対話が交わされる。また、再生エネルギーを供給するドイツの電力会社シェーナウの「原子力に反対する一〇〇個の十分な理由[10]」から、除染作業に従事する非正規労働者と原発から遠い安全地帯で暮らす運営会社のエリートを対照させる一節が織り込まれる。これらから原発の復旧作業に携わる作業員の実情を浮かび上がらせる。このように二篇の戯曲はともにいわゆる被ばく労働の問題を取り上げているが、『動物たちのバベル』はその労働者として動物たちを登場させているると言える。

ここで注目したいのは、このような「プロジェクト」の趣旨を謳う文言がパンフレットに記載されている点である。『夕陽の昇るとき』では、「STILL FUKUSHIMA」という副題が示すように、ドイツ語で静かなという意味の「STILL」、つまり統制や管理により自由な言論活動が封じられた閉塞的な状況に警鐘を鳴らし、「テレビや新聞の流す情報は正しくて、風に乗ってくる情報は間違っているから、惑わされないようにって、毎日政府が警告してる」といった台詞で、政府による情報操作の危険性を提起する。これに対して、『動物たちのバベル』では、被災をめぐる政府やマスメディアの言論イデオロギーという同様の問題が、パンフレットという小道具によって提起されているのだ。

パンフレットに印刷された文言を精査すると、危険な建築物建設の目的を説明するにあたり、いかに安全で望ましいものであるかが喧伝されている。「政府は」という主語で始めることで、このプロジェクトが公権力の行使によるものであることが強調された上で、「我が国の栄光にふさわしい立派な」という修飾で権威づけがなされる。続いて、塔の素晴らしさが高さと「世界一」という位置づけによって保証されるかのごとく演出され、「外壁は放射能を通さない」ということが実は何のエビデンスも示されずに断言される。「インターネット、携帯電話、テレビ、ラジオなどあらゆる波を管理することができる」、「あらゆる襲撃から国を守るだけでなく、伝染性のイデオロギーからも守ってくれる」という表現は、為政者が公権力によって言論活動を統制することが望ましいことであるような書きぶりで、「要塞」の建築に協力することがあたかも社会貢献の一助であるかのような印象を与えようとする。さらに「要塞建築の協力者」への住居提供については、要塞の、しかも敵の襲撃から最も近い外壁に作られるにもかかわらず、そこに住むことが恩恵の享受であるかのような表現に仕立て上げ、読む者を建築の協力という選択・意思決定へ意図的に誘導しようとする。

その後、同じパンフレットに塔建設に関するカードポイントシステムの説明が書かれていることが判明する。リスが「給料はもちろん、もらえない。逆に週に一回出勤するごとに参加費を払う。でも十回仕事に通えば、一回ただになるので、一回分稼いだことになります」(二四〇－二四一頁)と読み上げ、ポイントは「バベル・カード」(二四一頁)という名称のカードを購入して集める必要があるとネコが補足する。購入した額や回数に応じて特典としてポイントが付与されるシステムであるが、その実態は建築作業への協力として労働搾取された上に、対価は支払われず、参加費を徴収され、カードは別途購入の必要があるという。リスに別のカードから個人情報を盗まれた過去を語らせており、「バベル・カード」は保有者の個人情報を社会が監視し、管理するための道具となる可能性も示唆される。しかし、パンフレットはまるで特典が与えられるように錯覚させる文面になっている。

以上から、「バベルの塔」は「伝染性のイデオロギーからも守ってくれる」のではなく、「政府」のイデオロギーを強化する役割を果たし、パンフレットは塔建築に対する印象を露骨に操作しようとするものだと言える。危険を伴う労働への従事を強いる場を「プロジェクト・オフィス」という聞き心地のいいカタカナ英語で呼ぶのも、不安感を和らげる印象操作の一種と言えよう。

この戯曲では、このような言葉による意図的な操作のからくりを、作為的な表現の特徴を過剰化し、戯画化している。第二幕の動物たちはこのパンフレットに謳われた塔の建設事業に従事するために、第一幕での記憶を失って人間の衣服を身にまとって、「プロジェクト・オフィス」に集まってきている。そうした動物たちの姿は、被災経験を忘却し、管理社会で安全神話を偽装した「プロジェクト」の謳い文句に騙され、操られ、支配されようとする人間の姿を模している。

天に届く程の高い塔を作ろうとした人間が神に罰せられるという「創世記」の「バベルの塔」の話を下敷きに創作する場合、原発をバベルの塔に見立て、災害を人間に下された罰とするわかりやすい図式もあり得る。しかし、『動物たちのバベル』は敢えて災害後の塔の建築に焦点を当てる。そこで描き出されるのは、大惨事が起きた後に、記憶を風化させ、言葉を印象操作の道具に用い、新たな塔の建築に突き進もうとする公権力の罠と、それに巻き込まれる国民の姿である。

〈バベル・プロジェクト〉の罠から逃れるための方策が検討される様子が描かれるのが第三幕である。「プロジェクト」が進展しないことに業を煮やした動物たちは、自分たちでバベルの塔を理想的な住居として作ろうと話し合うが、各々の種にとって望ましい提案をするばかりで、話はまとまる気配がない。ここには移民の流入など、グローバル化を背景に、多様な歴史的・文化的背景をもつ他者で再編される社会とその分断という今日的課題が映し出されている。

議論の結果、状況を変革し、発展させるリーダーとして「翻訳者」という存在が提案される。リスが「ボスではなく翻訳者を選んでみたらどう？　自分の利益を忘れ、みんなの考えを集め、その際生まれる不調和を一つの曲に作曲し、注釈をつけ、赤い糸を捜し、共通する願いに名前を与える翻訳者」と提案し、全員が「賛成！」と一致する（二五七頁）。

ここでの〈翻訳者〉には、異なる種の言語間に橋を架け、それぞれの集団的アイデンティティに共通する目的達成を手伝い、新たな価値を創造する力をもつ者が期待されている。(11)それはパンフレットという印刷物を媒介にして、言葉で動物たちの意識や心理を操作し、行動を意図的に誘導しようとする罠から逃れるために最も適切な存在である。

このような〈翻訳者〉には、「とても意外なやり方」で「クジ引き」（二五八頁）が行われ、リスが選ばれることになる。リスは本作に登場する動物たちの中で最も身体が小さい。この結果について、リス自身が「わたしが選ばれるなんて夢にも思わなかった」（同前）と言い、キツネも「あんたが指揮するんじゃ、このプロジェクトは実現不可能」（同前）と応じるように、予想外のものであることが強調されている。ここには従来の常識的発想に囚われない価値の転倒とそこから新たな価値が創出される可能性の提示がある。

リスが選ばれるのは、それに加えてドイツ語の「Das war eine harte Nuss」という表現に由来すると考えられる。これは直接的にはそれは硬い胡桃《くるみ》だという意味だが、それが転じて難題であることを意味する。『夕陽の昇るとき』では、外で遊ぶことを禁じられた娘が実現を願う遊びの中に木を揺すって胡桃を振り落すことが含まれている。同じく『献灯使』でも、未来へ希望をつなぐ「献灯使の会」に関する話し合いが「高級くるみ料理の専門店」[12]で行われる設定になっており、多和田作品で小説・戯曲の別なく、被災地のかかえる諸問題とその解決の難しさが胡桃にたとえられていることが確認できる。

このことを踏まえれば、胡桃の硬い殻を割ることのできるリスは難題を解決する力をもつ存在となり、この点にこそ、『動物たちのバベル』でリスが〈翻訳者〉に選ばれる必然性を見ることができる。第一幕に、人間の残した缶詰をネコは開けることができないが、リスは開けてみせる箇所があり、他者に開けることのできない硬いものを開ける力をもつリスの姿が既に示されていたのは、この選出への伏線とみなせるだろう。

翻訳者にリスが選ばれた後、前述のように人間が発見され、動物たちが次々に質問を投げかけ、この戯曲は幕を閉じる。最後に次のようなト書きが記されている[13]。

演劇の行われる町で、公演前に同じ質問をいろいろな人にして、答えを録音しておいたテープが初めは一本、そのうち同時に二本流れる。それと並行して会場では俳優がそれぞれいろいろな質問をお互いにして話す声が何重にも重なって、倍増されていく。そのうち、上から舞台に夏のにわか雨のようにたくさん辞書が落ちてくる。この時のためいらなくなった辞書を寄付してもらい、また古本屋で安く売りに出されている辞書を百冊くらい買い集めておいて、舞台に落とす。公演後には家に帰る観客に一冊ずつ配る。

（二六五頁）

劇場に響く様々な声は、簡単には答えが導き出せない本質的な問いに声の主たちが各々に向き合う姿勢の現れとして流されるものであろうが、そこに辞書を落とすという指示が与えられる意図についてはさらに検討する必要がある。

辞書が翻訳という営為に必須のものであることは言うまでもなく、その点において〈翻訳者〉を選出するこの戯曲で最後に辞書が象徴的な役割を果たすことは何ら不思議ではないが、それだけでなく、多和田独自の辞書に対する考え方が関わっていると見た方がよい。多和田は『エクソフォニー』で辞書というもののあり方について次のように述べている。

辞書はときに言葉をイデオロギーから解放する役割を果たす。辞書は秩序正しく言葉を整理したもののように見えるが、実はアナーキーな機関なのだ。逆引き辞書などというものも、意味の似たものが集まることもあれば、無関係なものが集まることもあり、全く恐ろしいものだ。(略)
考えてみると、逆引きでなくて普通の辞書でも、辞書のアナーキーなところは、綴りがあいうえお順やアルファベット順に並べた時に隣だというだけの理由で、意味が無関係の単語どうしが隣り合って載っているところにある。

(前掲『エクソフォニー』、九四－九五頁)

多和田は辞書を秩序だった知識の装置ではなく、「アナーキー」なものと捉えている。そして「アナーキー」であるがゆえに、言葉をイデオロギーから解放させる力をもつと主張する。『動物たちのバベル』において、パンフレットに記された〈バベル・プロジェクト〉の趣旨の言葉はまさにイデオロギーの鎖に縛り付けられていた。その鎖を破壊し、言葉を解放する役割を果たすものとして辞書は舞台の上に落ちて来るのではないか。つまり、「創世記」の「バベルの塔」では、統一されていた言語が神の怒りによって乱され、混乱が起きるのに対して、『動物たちのバベル』は、イデオロギーの鎖に縛られた言葉の秩序体系を攪乱させ、拘束から解き放たれた言葉と新たな関係を結ぶことを観客に体験させる戯曲なのである。

注

（1）ドイツ連邦政府文化財団（http://www.kulturstiftung-des-bundes.de/）、シアターX《カイ》のウェブサイト（http://www.theaterx.jp）参照。
（2）『動物たちのバベル』は「すばる」二〇一三年八月号に発表後、作品集『献灯使』（講談社、二〇一四年）に収録された。ドイツ語版 *Mammalia in Babel* は Yoko Tawada.2013.*Mein kleiner Zeh war ein Wort : Theaterstücke*. Tübingen:Konkursbuch Verlag Claudia Gehrke. に収録。本稿での『動物たちのバベル』からの引用は、作品集『献灯使』に拠る。
（3）土屋勝彦編「日本独文学会研究叢書」一一三号、二〇一六年。
（4）ハラルド・マイヤー・西山崇宏・伊藤守編著『ドイツとの対話〈3・11〉以降の社会と文化』所収、せりか書房、二〇一八年。
（5）水声社、二〇一八年。
（6）『エクソフォニー──母語の外へ出る旅』、岩波書店、二〇〇三年、一二四頁。
（7）旧尼崎労働福祉会館（尼崎市、三月三〇日）、ピッコロシアター（同前、四月八日）、鳴門市ドイツ館（同月一三日）、Brotfabrik（ベルリン、六月一三〜一五日）、Werkstatt der Kulturen（同前、同月二二日）、Playing with eels（同前、同月二七日）。
（8）本稿での『夕陽の昇るとき』に関する記述は、拙稿「多和田葉子の文学における境界──「夕陽の昇るとき〜 STILL FUKUSHIMA 〜」を中心に──」に基づく。
（9）清水知子「動物と亡霊」、ハラルド・マイヤー他編著、前出（4）、七三頁。

（10）100 gute Gründe gegen Atomkraft（http://100-gute-gruende.de）。

（11）越川論文「越境文学を望む」はベンヤミンの翻訳論からこの戯曲の翻訳者を考察する。

（12）『献灯使』、一五〇頁。

（13）このト書きは日本語版のみで、ドイツ語版にはない。

参考文献

多和田葉子『エクソフォニー——母語の外へ出る旅』、岩波書店、二〇〇三年。

Tawada,Yoko.2013.*Mein kleiner Zeh war ein Wort : Theaterstücke*. Tübingen:Konkursbuch Verlag Claudia Gehrke.

多和田葉子『献灯使』、講談社、二〇一四年。

赤坂憲雄『震災考　2011.3-2014.2』、藤原書店、二〇一四年。

谷口幸代「多和田葉子の文学における境界——「夕陽の昇るとき～STILL FUKUSHIMA～」を中心に」、「比較日本学教育研究センター研究年報」、一一号、お茶の水女子大学比較日本学教育研究センター、二〇一五年。

越川瑛理「「越境文学」を望む——多和田葉子のMammalia in Babelと「動物たちのバベル」」、土屋勝彦編「日本独文学会研究叢書」一一三号、二〇一六年。

清水知子「動物と亡霊——破局の時代の生存のエクリチュール」、ハラルド・マイヤー・西山崇宏・伊藤守編著『ドイツとの対話〈3・11〉以降の社会と文化』、せりか書房、二〇一八年。

芳賀浩一『ポスト〈3・11〉小説論——遅い暴力に抗する人新世の思想』、水声社、二〇一八年。

カキタイカラダ

『夜ヒカル鶴の仮面』上演をめぐる断章

川口智子

〈演出ノート〉

はじめに

ドイツ人は遺体と対面することを日本人よりも恐れるので、遺体は安置所に保管して、もう見ない（中略）日本には、親類縁者が集まって遺体とともに一夜を過ごす通夜の習慣があるが、ドイツにはない。そういった『ずれ』と出会ったときが作品の着想を得るチャンス[1]

二〇一九年一一月。くにたち市民芸術小ホールで行われたインタビューでの多和田さんの言葉。このお話を伺っていた当時は、遺体と対面できない世界、それどころか、生者との対面もできない日常がくるとは思いもしなかった。

長期的なプロジェクトを行う中で、社会の価値観が大きく揺さぶられるような出来事に出会うことがある。『夜ヒカル鶴の仮面』上演企画はまさにこの断絶に直面していて、二〇二〇年夏の現時点で、創作再開の目途は立っていない。本ドキュメントで主に取り上げるのは二〇一九年のリーディング上演だが、これまでのプロセスと、これから起こるかもしれないことを意識的に切り離して記録しておこうと思う。

1　棺桶の中から出てくる

『夜ヒカル鶴の仮面』(2)の上演への取り組みは二〇一七年に始まった。非常勤講師を務めている東京学芸大学の学生たちの自主的な集まり、通称「演劇ゼミ」(3)での試演会だ。初めて稽古場で触れる多和田さんの戯曲。言葉が声になった時、これは大変な戯曲に手を出してしまったと思った。戯曲の中に、俳優の呼吸が緻密に書き込まれ、話者の身体が確かにそこにある。横たわる死者の息遣いも聞こえてくる。通常、死者は呼吸をしていないはずなので、おかしな話だ。劇の進行は遊びと儀式の形をとりながら近景と遠景とを交互に見せてくる。ひとつひとつの台詞に罠が仕掛けられているようでもあるし、そこに観客／読者の笑いを誘う隙間があるようで、それなのに、戯曲の見た目はとてもスタイリッシュだ。

登場人物
妹
弟
通訳
隣人
死体

舞台の上には、棺桶が四つ置いてあり、中に妹、弟、通訳、隣人が横たわっている。その他にひとつ、地面に半分沈みかかった壊れた棺桶が見える。壁には、鶴、犬、狐、猫、猿、狼、魚の七つの仮面がかかっている。舞台の真ん中に女の死体が横たわっている。

妹が棺桶の中から立ち上がり、死体の横に座る。

妹　棺桶が土の中に沈んでいく。今夜中に、棺桶は死人の国に消えていってしまうでしょう(4)

親族か弔問客かに関わらず、お通夜の席で棺桶から出てきて死体の横に座った人は見たことがない。お通夜の席でなかったとしても、棺桶から出てくる人には会ったことがない。終活を特集するテレビで、終活セミナーの参加者が棺桶に入ってみるという体験をしているのを見たことはあるけれども、棺桶に入ってみると、自分が死ぬということをより具体的／身体的につかめるものなのだろうか？　死体の目線を理解するということ？　妹に続いて、弟、通訳、隣人の四人の登場人物が棺桶から出てくる。なんだ、このト書きは。

この劇はお通夜の夜を舞台にしている。棺桶から出てくる人がなかなかいないように、「お通夜って、美味しいご飯を食べてみんなで騒いで楽しいよね」と言う人もあまりいないだろう。お通夜は「悲しみ」の仮面をかけて行く場所だから。しかし実のところ、お通夜というのはお酒を飲みながら懐かしく思い出を語ったり、自分が死んでお通夜やお葬式をしてもらう時にはこうしたいと思いついたり、夜通し蠟燭を消さないようにという特別な任務に妙にドキドキしてみたり、私のある友人はお寺さんの新しいテクノロジーを取り入れた読経に驚いて笑いを堪えるのが大変だったりと、「悲しみ」の仮面をかけなければいけないのは、その仮面がなければ面白がってしまうからなのかもしれない。それか、悲しみの仮面をかけなければと思っているからこそ、そしてお通夜という形式から想像することとのギャップが起こるからこそ、内心で笑えてしまうことに集中を持っていかれてしまうのかもしれない。お通夜にいる人たちの中にはそういう「ねじれ／ずれ」がたくさんある。

『夜ヒカル鶴の仮面』はまさにこの「ねじれ／ずれ」のようなものを拡張している戯曲だ。実際のお通夜と同じように、戯曲の言葉たちはお通夜の仮面をかけている。その仮面の下では、笑いのエネルギーが渦巻いている。どうやったらこのエネルギーを舞台に上げることができるのだろう。

東京学芸大学での上演の記憶は、とにかく「棺桶から出てくること」にこだわったこと。コントをつくるように場面をつくったこと。そして、アジアやアフリカの仮面をリサーチして、実際にある仮面を模倣して七つの仮面をつくったこと。重くてかぶれないお面、全身よりも大きいお面など。出演者自ら手を動かしてつくった仮面がとても素敵だった。試演会の後、いつか『夜ヒカル鶴の仮面』に本格的に取り組もうと思った。

2　儀式って、どんな風にすればいいのか、それさえ分かればなぁ

戯曲を上演するというのは、戯曲を舞台に翻訳するという側面を持つ。私はディレクター／方向を定める人である前の一定の期間を、トランスレーター／翻訳者として作業することが多い。翻訳者であるためには、翻訳する前の言葉の存在を知らなければいけない。翻訳される前の言葉の存在を知らなければ、翻訳は始まらない。だから、最初にやるべきことは、その戯曲の言葉とエネルギー、そこで起こっている運動を明らかにすること。二〇一九年一一月、本格的な上演に向けたプロセスとして、くにたち市民芸術小ホールでリーディング上演を行うことにした。

リーディング上演と一口に言っても、スタイルとして定義されているのは「書かれた言葉を読む」ということだけ。ピアノで言えば「譜面にある音を弾く」とか、サッカーで言えば「足でボールを蹴る」という程度の規定しかない。言葉がどこにどういう様に書かれているのか、それは演劇用の台本でなくてもいいし、その言葉をどう読むのか、劇としてのリー

ディングの多くは声に出して読むことになるのではないかと思うけれども、別にそうでなくてもいいし、声に出して読む方法は無限にある。無限にあるからこそ、「リーディング」というのがコンテンポラリーの劇場のひとつのスタイルとしての可能性を持っている。リーディング上演では、書かれた言葉が要請してくるものを大事にする。言葉が声に（発語されるにあたり）求めてくるエネルギーを感じる。その言葉の質感や距離感、テンポ、あるいは匂いとか色とか密度みたいなものを、ひとつひとつ手で触って、それを観客に渡していく。さらに、観客とその言葉の存在を共有する方法はそれぞれの戯曲によって変わってくる。聖書の言葉と、掃除機の取り扱い説明書と、スポーツ漫画の吹き出しに入った言葉が、同じように紙に書かれた言葉であり、同じように紙に印刷される言葉になるとしても、同じような翻訳運動をしないのと同じように、その戯曲の言葉をある劇場空間の中で共有する時間のつくり方はひとつひとつ異なる。

そもそも戯曲の言葉は他者の声に委ねられる運命にある。多和田さんが『動物たちのバベル』の稽古場に来てくださった時、「どうして戯曲を書くのか？」というひとりの出演者の質問に「戯曲を読むのも好きだし、違う声で聞こえるものを書き分けるために戯曲というスタイルをとることもある」とお話ししてくださった。自分の声ではない声が発する

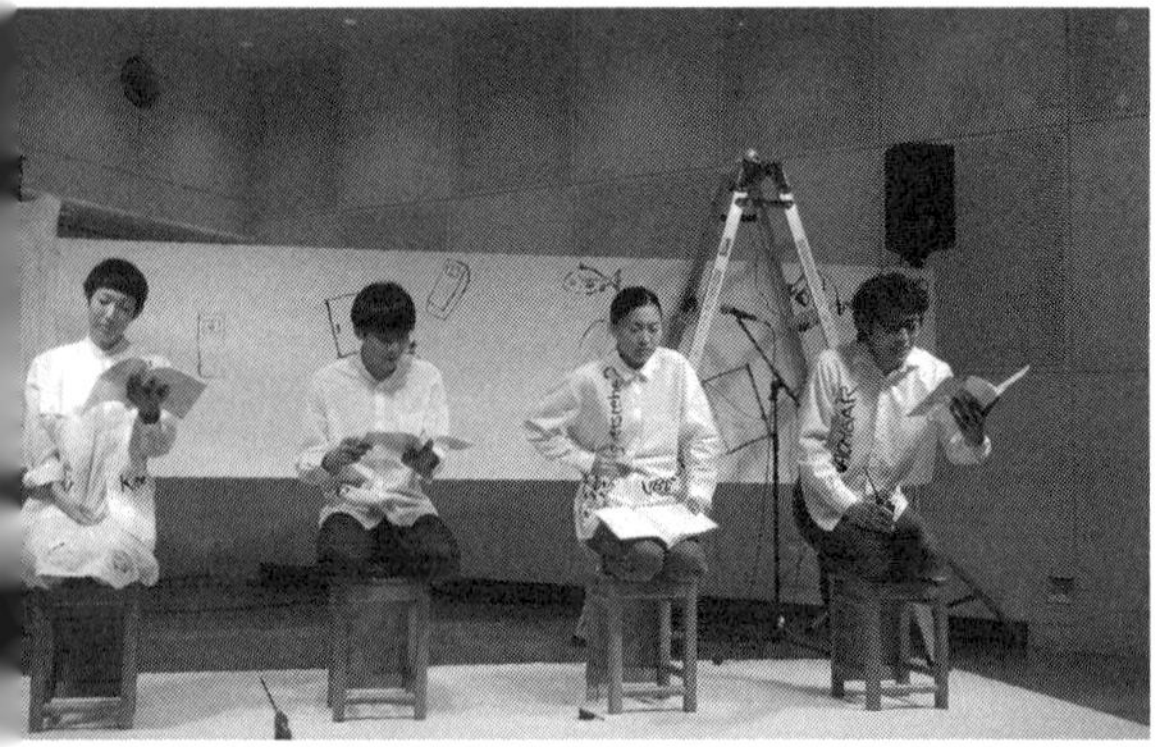

言葉として書かれた言葉たち。その文字たち言葉たちは、音／声の羽をつけて飛び出してくる。そして紙から離れた言葉たちは、すぐに消えてしまわずにプカプカと舞台上にとどまって浮かんでいる。そこで『夜ヒカル鶴の仮面』のリーディング上演では、文字通り言葉を舞台上に浮かばせることにした。この言葉の可視化による絶妙な「ゆがみ／ずれ」の中で、お通夜の劇／遊《プレイ》びをつくってみようと思った。

3　あたし、あなたとは逆の方向に行かなければならないんです

リーディング上演では、俳優は書かれた言葉を読んでいるということを観客と共有しているので、戯曲に書かれていることから剥がれてパフォーマンスとしてもうひとつ描かれるコンテクスト＝パフォーマンス・テクストを大胆に設定することが許容される。

今回の上演の場合、そのパフォーマンス・テクストはスタジオの床と背景に用意された白い障子紙に、黒いペイントで絵や文字を描く／書くという遊びで進行していく。冒頭、先に引用したト書きの内容を絵として描いていく。まず、四人の俳優たちそれぞれが死後に入れられる自分の棺桶を描く。そこからこの部屋の中にあるとされている、地面に半分沈みかかった壊れた棺桶、ドアと窓。そして鶴、犬、狐、猫、猿、狼、魚を描いていく。互いに「鶴描きます」「猫は?・」「描いた」と普通に会話を交わしながら。お客さんの目の前で、

fig. 6
舞台稽古より
多和田葉子作／川口智子演出『夜ヒカル鶴の仮面』
くにたち市民芸術小ホール［2019年11月］

芝居／遊び《プレイ》の空間を自分たちでつくっていく。

この劇空間ができあがったところで、妹は御焼香をする。この習慣的な振舞いである「御焼香」の動きをした瞬間に、今から人を弔うのだ、ということが記号としてダイレクトに伝わってしまう。妹に続いて弟、通訳、隣人も、棺桶から出てきたタイミングで御焼香をする。彼らは客席の方を向いているが、死体の周りに集まっている。思えば、御焼香している人の姿を正面から凝視できることも舞台以外ではあまりないかもしれない。

こうして劇が始まる。[5] お通夜の夜、このドラマはそのお通夜の夜の現在進行形の時間で始まる。劇の時間と物語の時間とが一致している。これを中断するのが劇中に三回登場する（音楽）[6]というト書きだ。この（音楽）がどのような音楽なのかは戯曲には指定はなく、時間の経過としての音楽の時間だ。時間の経過、夜が更けていくにつれて死者の周りに集まった人たちのゆがみ／ずれ度合いがヒートアップしていく。（音楽）はその変化を強制的に進めている。（音楽）は映像のカットのように前後の場面のどちらからも切断されていて、前の場面と後の場面とでは、人物たちの身体性が変化している。そこで（音楽）の場面では、流す音楽に加えて、パフォーマンス・テクストの時間にぐっと引き付けることにした。一度目の（音楽）では、そこまでに戯曲に出てきた言葉を

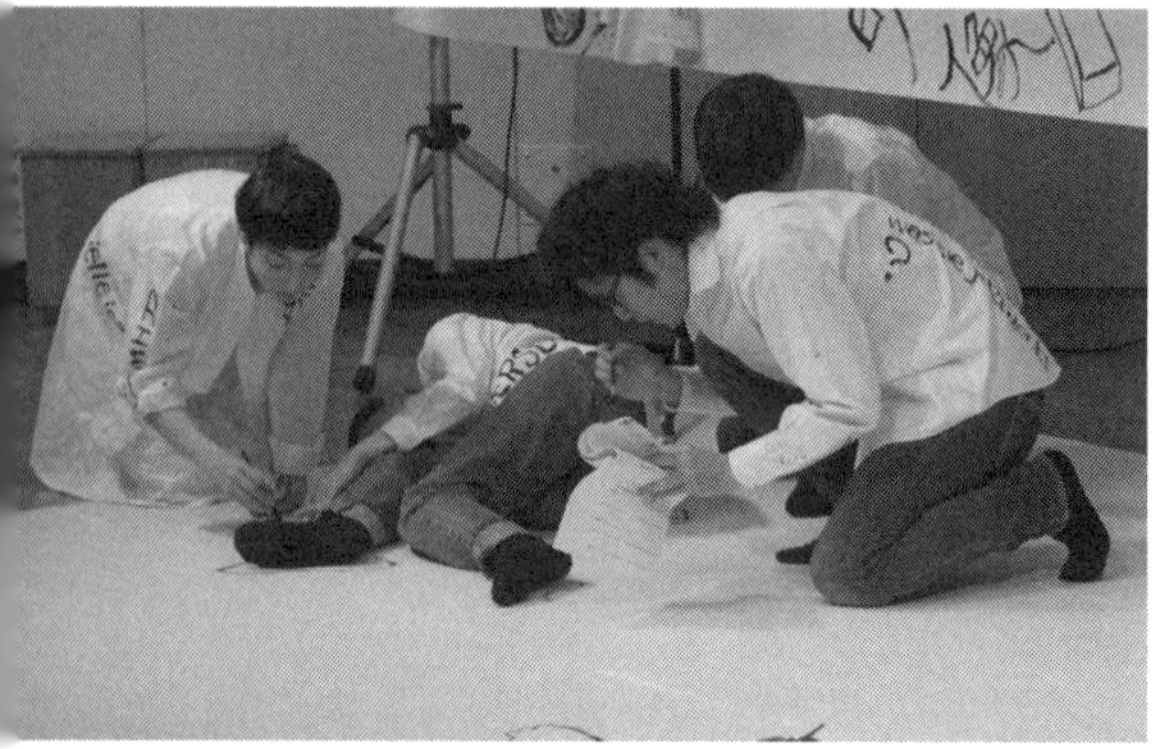

どんどんと絵にして障子紙へと描いていく。二度目の（音楽）では床面に広げてある障子紙の上に、ひとりずつ寝っ転がって死体の型をとる。それぞれの登場人物が死ぬ瞬間をイメージして横たわる死体ごっこ。

この各音楽の後、俳優たちの空間に対する自由度はどんどん増していき、いよいよ劇の後半、死者を弔う仮面劇が繰り広げられることになる。隣人の「昔、あるところに鶴が住んでいました。[7]」という語りを皮切りにここから死者である姉の姿が「鶴」の仮面と共に再現されていく。最初に隣人が「鶴」の仮面をかぶり、「鶴」を招喚する。弟は隣人から「鶴」の仮面を奪い「鶴の名前は「わたし。」」と名乗る。その後、通訳が演じる「姉」が仮面をかぶることによって、「姉」に「鶴」が憑依したことになる。ここまで一心不乱に姉の死体を清めていた妹も、この再現に加わり、「鶴」の仮面をかぶった「姉」と話す妹にも「鶴」が伝染して、妹は鶴の叫び声をあげる。

この間、死体の姉は舞台上に横たわったままだ。四人はあたかも姉にこの再現劇を見せているかのようだ。こういう弔いの儀式は、世界のどこかに存在しているのではないだろうか。「あの時、こうだったよね」と死者について語り合い、お酒も入って興も乗ってきた夜更けには、死者が生者であった時の口ぶりや身振りを真似して、お互いに演じ合うことで死者を弔っている、実際のお通夜での振舞いと実は変わらないのかもしれない。

この再現の部分について今回の上演では、発語の中で動物と結合していくことになる。実

fig. 7
音楽の流れる間に繰り広げられる死体ごっこ
『夜ヒカル鶴の仮面』（fig.6参照）
写真提供：くにたち市民芸術小ホール

際に「鶴のように叫ぶ」[8]という箇所以外にも、例えば、通訳が姉として鶴の仮面をかぶる時、通訳はもはや普通に話すことはできず、読んでいる言葉の端々に鶴の鳴き声が交ざってしまう。人間と鶴の境界線がなくなり、仮面をかぶるという憑依が、鶴の声がセリフに突如割って入ってくることで示される。戯曲には犬の鳴き声の指定はないが、犬の仮面についても同様の扱いをした。さらに、全員が仮面を脱いだ後に四人が一斉に鶴の鳴き声をあげると、もはや俳優なのか役なのか鶴なのか、その存在はあやふやなものになっていく。ここで、最後の（音楽）に入る。

4　お葬式はやらないわよ　棺桶が消えてしまったから

最後の（音楽）の間、俳優たちは戯曲に出てきた言葉を次々に障子紙に書き込んでいく。次々に読み上げられる言葉を文字として書くが追いつかない。すでに舞台上に存在した言葉、姉の死体のように「腐って、ばらばらになって、においや、水分や、骨や、データや、気体や、映像や、そんなものに、分離していって」[9]いた言葉が、書かれることによってもう一度目に見えるものになる。「ありのまま」[10]の言葉の姿だ。言葉は俳優よりも先に存在している。

空間が言葉で埋め尽くされるころ、劇は突然終わりを迎える。この劇が始まる時には真っ白で完璧な余白であった障子紙は、言葉で飽和してこれ以上書き込むことはできない。俳優

fig. 8
鶴の叫び声が感染していく
『夜ヒカル鶴の仮面』（fig.6参照）
写真提供：遠藤晶

たちは、自分の死体と言葉の上に正座し御焼香をする。冒頭の繰り返しのようだけれども、まったく違う時間だ。言葉が書きつけられた軌跡は見えなくなり、この劇が始まる前からそこに存在していたような顔をしている。戯曲では、地面に半分沈みかけていた棺桶は消えてしまい、四人の生者は部屋の外に出ることができず、目の前で繰り広げられた再現劇にも動じなかった死体が、サラリと舞台から去っていく。

ここで、観客が実は死体の目線で舞台を見つめていたことに気づく。死体は目の前で繰り広げられた自分の弔いの儀式をじっと見ていた／聴いていたのだ。観客は死体のごとくこの物語／劇場から出ていくが、四人の登場人物は言葉と共に物語／棺桶に閉じ込められてしまう。閉じ込められたこの四人は、妹、弟、通訳、隣人なのか、俳優自身の身体なのか、それとも鶴の叫び声をあげて融合してしまったあのあやふやな存在なのか。

壁にかかっている鶴、犬、狐、猫、猿、狼、魚の仮面。そして、障子紙に書き込まれた言葉という仮面。『夜ヒカル鶴の仮面』のリーディング上演は、書かれた言葉を手に持ち、言葉の仮面をかけて演じる仮面劇だった。能において面と役者の間の「ずれ」が隠されず拡張

されるものであるように、このリーディング上演においては、言葉の仮面と俳優の間の「ゆらぎ」が拡張される。そして、俳優が台本を閉じた時、言葉の仮面は俳優の身体から離れ自由に空間に漂っている。仮面を失った俳優たちは、もはや何者でもない。その身体は、言葉を欲しがっている。書きたい／描きたい身体。棺桶の中でムズムズと、掻きたい身体。

5 思い出はいつも明日に延期されてしまうから(11)

私はこの劇を、多言語の劇として上演したいと考えている。『動物たちのバベル』も日本語による多言語語（多動物言語）の演劇であるけれど、『夜ヒカル鶴の仮面』の持つ多言語性というのは、そのエネルギーの方向性において『動物たちのバベル』とは違うものだ。『動物たちのバベル』に登場する六種の動物たちは、互いに等しく異種である状態に近い。それぞれが種のプロトタイプとして描かれている。草食動物と肉食動物というカテゴリーや、人間の絶滅に賛成・反対という意見の相違はあるけれど、カテゴライズはホモサピエンスによるものだし、例えばネコがイヌの進化の後の姿として描かれていたりとか、リスが半分クマの言葉を話しているとは考えにくい。『動物たちのバベル』は建設されることのない「バベルの塔」を中心に六種の動物が繰り広げる言語とルーツをめぐるドラマであり、動物間の交わり（交配）についてのドラマではない。

　一方で『夜ヒカル鶴の仮面』の場合は、死体も含めた五人と再現される動物たちとの交流／融合、ずれ／ゆらぎがテーマで、登場人物はそれぞれが何らかの形で交雑《ハイブリッドな》された状態にある。それはある時点（もちろん現代でもいい）におけるある地点での文化や言語のひとつの状態と同じようなもので、すでに異種との交配を繰り返した最新の状態である。最新といっても、その状態に向かって計画的な進化／変化を目指すということだけではなく、偶然の出会いと交流／非交流の中で形成された最新の状態＝一息前の過去、もしくは一息先の未来だ。互いに等しく異なる多言語性とは別の、それぞれが交流／融合を続けるという多言語性。境界線が揺れ動き、溶けあう可能性を持っているのが『夜ヒカル鶴の仮面』の多言語性だ。

　そこで『夜ヒカル鶴の仮面』アジア多言語上演を構想した。小さなコミュニティに残る人を弔う儀式を遊びのように取り入れ、戯曲に書き込まれた「ゆがみ／ずれ」をエネルギッシュに立ち上げたいと思った。企画は、京都芸術大学舞台芸術研究センター〈舞台芸術作品の創造・受容のための領域横断的・実践的研究拠点〉の二〇二〇年度劇場実験型公募研究として採択され、タイ、マレーシア、香港そして日本の演劇人たちと共に二〇二〇年一〇月〜一一月にかけて京都にて三週間の滞在制作と、京都芸術劇場春秋座でのワーク・イン・プログレス上演を行う予定だった。

　そこに新型コロナウイルスの世界的な感染拡大が起こった。

　ヒトは、集まり、相談し、行動してきた。出会い、対話をして、共に食事をした。疑問をなげかけ、議論をし、つくってきた。洪水の後の荒野で話を始める六種の動物のように。

いろんな地域からやってきたアーティストが共同生活をしながらリサーチや創作を行う滞在制作では、集まり、会話をし、同じ釜の飯を食べることは企画の礎となる。それはオンラインでの交流で代えられるものではない。身体的な距離感覚やノイズを喪失するオンラインという仕掛けの中では、互いに異なる言語を持つものが必要とする身体的な接触や交流を起こすことができない。

死者を弔うこともこれまでのようにできなくなってきた。お坊さんの読経を携帯電話を通じて聴くリモート読経サービスや、ビデオ通話を使った葬儀が提案されている。ある時はどしゃぶりの雨の音を聞きながら、またある時は夏の陽ざしでじっとりと汗ばみながら、死者の肉体を目の前にして弔いの時間を過ごすことは、もはや当たり前ではない。オンラインの墓参りなどすでに存在していたサービスもあるけれど、最後の一息を吸って亡くなった人の体と過ごす最後の夜であるお通夜の時間を、それぞれの身体が隔った状態で体験することは難しいだろう。それはオン／オフの切り換えではなく、日常と非日常が混じり合う時間だからだ。これは、代替ではなく、喪失という変化だ。その意味では、すでに失う方向に向かっていた身体的な交流、距離感覚が、今回の移動・集会・思考の〝自粛〟により加速したということかもしれない。都市の中でも、劇場の中でも。

企画は二〇二一年に再始動する予定だが、死者を弔い、鶴に感染する『夜ヒカル鶴の仮面』のアジア多言語上演が目指す境界線の「ねじれ／ずれ」の劇場は、都市のどこに存在し得るのか。棺桶の長方形の入り口がパソコンの画面を縁取る黒い枠に重なってきた。私がいるのは、画面の此方側なのか、彼方側なのか。身体が数字に置き換えられることを拒否せぬ世界の劇場の中では呼吸する死者でありたい。

上演記録

「多和田葉子　複数の私」関連企画
リーディング『夜ヒカル鶴の仮面』　geisho stage creation
二〇一九年一一月一六日（土）　くにたち市民芸術小ホール　地下スタジオ
作：多和田葉子
演出・美術・衣裳：川口智子
出演：妹／滝本直子　弟／末松律人　通訳／中西星羅　隣人／山田宗一郎
主催：公益財団法人　くにたち文化・スポーツ振興財団
助成：公益財団法人東京都歴史文化財団　アーツカウンシル東京
協力：ＴＭＰ（多和田／ミュラー・プロジェクト）

注

（1）読売新聞都民一四版　二〇一九年一一月九日、三三面掲載。
（2）多和田葉子『夜ヒカル鶴の仮面』（『光とゼラチンのライプチッヒ』所収、講談社、二〇〇〇年）。

（3）当時の演劇ゼミメンバー：池田優香、磯嶋勇吾、押切悠希、金坂美帆、塗塀一海、野田容瑛、長谷川皓大、花園彩子、横川敬史（敬称略、五十音順）。
（4）多和田、前掲書、一六一‐一六二頁。
（5）今回のリーディング上演では、姉の死体を示唆する白いワンピースが一枚舞台上に掛かっているだけだが、実際に上演する際にはト書き通りに姉の死体が舞台上に横たわっている必要があると考える。
（6）多和田、前掲書、一七〇頁、一七三頁、一九五頁。
（7）同前、一八二頁。
（8）同前、一九四頁。
（9）同前、一六五頁。
（10）同前、一六五頁。
（11）本稿1〜5の見出しは以下の引用による。
1　棺桶の中から出てくる　同前、一六二頁
2　儀式って、どんな風にすればいいのか、それさえ分かればなあ　同前、一六二頁。
3　あたし、あなたとは逆の方向に行かなければならないんです　同前、一九四頁。
4　お葬式はやらないわよ　棺桶が消えてしまったから　同前、一九八頁。
5　思い出はいつも明日に延期されてしまうから　同前、一六二頁。

〈インタビュー〉

劇団らせん舘に多和田葉子の〈演劇〉を聞く

聞き手・谷口幸代

一九七八年に兵庫県尼崎市で設立した劇団らせん館は、日本語、ドイツ語、スペイン語、英語といった多言語による演劇活動を展開する演劇集団である。尼崎の他、ドイツのベルリン、スペインのカネット・デ・マールを拠点にしながら、世界各地で多和田葉子の作品の演劇化に取り組み、刺激的な演劇空間を創出してきた（拙稿「多和田作品の演劇化——劇団らせん館の多言語演劇による新たな演劇空間の創出」、『多和田葉子／ハイナー・ミュラー〜演劇表象の現場』所収、東京外国語大学出版会、二〇二〇年）。常に新しい演劇表現を模索してきた同劇団は、二〇二〇年、活動拠点を改めて日本に集約する決断を下した。新たな転機を迎えた劇団らせん館に、多和田作品を演劇化するに至った経緯、演劇人として見た多和田作品の魅力等について伺った。回答者名には、劇団として答えていただいた際には劇団名を、演出家・俳優に個々人で答えていただいた際には個人名をそれぞれ示した。

（谷口幸代・注とも）

劇団らせん舘

嶋田三朗
堺市生まれ。劇団らせん舘設立メンバーで同劇団代表。製薬会社勤務を経て、1983年、この年に新設された兵庫県立ピッコロ演劇学校で舞台監督に就任（〜88年）。1997年から多和田葉子作品の演出を手掛け、自身も演奏と黒衣で出演。*TILL*ではドイツを訪れる日本人旅行者の一人「いのんど」、『飛魂』では森林の奥で学舎を営む「亀鏡」を演じた。

市川ケイ
京都市生まれ。劇団らせん舘設立メンバー。1987年、兵庫県立ピッコロ演劇学校研究科卒業。多和田作品では、*TILL*の薬局の女主人、『サンチョ・パンサ』のサンチョ・パンサ、『飛魂』の「梨水」、*STILL FUKUSHIMA—Wenn die Abendsonne aufgeht*のたぬき等を演じる。

とりのかな
伊丹市生まれ。英語の通訳翻訳業を経て、1981年から劇団らせん舘に参加。一九八七年、兵庫県立ピッコロ演劇学校研究科卒業。多和田作品では、*TILL*での通訳、『サンチョ・パンサ』のドン・キホーテ、『飛魂』の「紅石」・「軟炭」、*STILL FUKUSHIMA—Wenn die Abendsonne aufgeht*のラーメン屋等を演じる。

fig. 9
多和田葉子作／嶋田三朗演出
『Pulverschrift Berlin
（粉文字ベルリン）』
（ドイツ語公演）
写真左から、
とりのかな、
Franziska Rosa、市川ケイ
早稲田大学小野記念講堂
『多和田葉子
国際ワークショップ第2回』より
［2007年3月］
写真撮影：YUKIKO ARAKI

――「劇団らせん館」という劇団名の由来について教えてください。

劇団らせん館　館（館）の意味は劇空間と考えています。「館」という時間・空間の中で、私たちは、宇宙の渦巻の線の様に劇を作りたいと考えて、付けた劇団名です。

――「劇団らせん館」の組織・運営形態について説明してください。

劇団らせん館　現在は、劇団らせん館は、嶋田三朗、市川ケイ、とりのかな、および、作品に応じて、俳優や音楽家、美術家、が客演する形です。

――日本だけでなく、ベルリンやカネット・デ・マールを拠点に、世界各地で公演されるようになったのはどのような経緯からでしょうか。

劇団らせん館　一九八八年二月に大阪府吹田市の劇場メイシアター(1)で、エジンバラフェスティバル(2)のディレクターで演出家のフランク・ダンロップ氏(3)の講演とワークショップがありました。メイシアターの劇場制作の方からそのワークショップへの参加を誘われて、その講演を聴講し、シェイクスピア作品の英語による演技ワークショップに参加したことがきっかけで、一九八九年にエジンバラフェスティバル・フリンジに参加しようと決めました。ダンロップ氏はエジンバラフェスティバル本祭のディレクターですが、自由に参加出来るエジンバラフェスティバル・フリンジというものがあるということを、聴講している関西の劇団や演劇関係者に説明して、日本の劇団の参加を呼びかけていました。その時、参加してみたい劇団はありますか？　と問われて、参加してみたいと手を挙げたのが私たち劇団らせん館でした。そして八九年夏にエジンバラフェスティバル・フリンジで三週間一八回公演しました。[4]その後の経過については、インタビュー記事「劇団らせん館の多言語演劇にみる多文化の混[5]」（いいだとも、在バルセロナライター）を参考にしてください。

――嶋田さんの『追いかけティル』（「すばる」一九九九年二月号）等によると、らせん館が初めて出会った多和田文学は、『あなたのいるところだけなにもない Nur da wo du bist da ist nichts』[6]であり、この本を読んで多和田作品を上演したいと思われたそうですが、この本のどのような点が皆さんにそう思わせたのでしょうか。

劇団らせん館　『風に咲く』[7]を九二年一〇月インドネシアで公演した後、そこで知り合ったインドネシア人やドイツ人の演劇人と一緒に、日本語だけでなく多様な言語による演劇を創り、劇団を作りたいと考えていました。そして、九二年一一月ベルリンで『風に咲く』公演をした後、多和田葉子さんのこの本を読み、二言語で書かれているこの詩の本に感銘を受けました。

――劇団らせん館が多和田作品を演劇化する際に、戯曲だけでなく、『文字移植』『旅をする裸の眼』等、小説も対象にされています。これらの小説を選んだ理由はどこにありますか。また、戯曲を上演する場合と小説から上演する場合では何か違いはありますでしょうか。

劇団らせん舘　いずれの場合も、面白いから、という理由ですが、たとえば、『文字移植』[8]の場合は、私たちがバルセロナ近郊のカネット・デ・マール市に稽古場提供を受け、当時常にスペインおよびカタルーニャ文化の中で、演劇創造活動をしている時だったので、多和田氏の「文字移植」のテーマである〝翻訳〟や〝カナリア諸島〟や〝ドラゴン〟は、私たちにとって身近なテーマであり、らせん舘の〝異文化と共に創造する〟という活動と深く関わっていたから選びました。

また、『旅をする裸の眼』[9]は〝ドイツ東西統一〟〝EUの拡がり〟を背景に物語が展開しますが、私たちは一九八九年夏から毎年の公演ツアーを通して、ドイツ東西統一の前後を体験し、その後も、ヨーロッパでの公演ツアーや、スペインやドイツでの滞在中に、EU諸国で国境を越えるのにパスポートが必要な時代と不必要な時代の両方を経験しています。『旅をする裸の眼』は、私たちにとって同時代進行形の物語だったから選びました。

小説から上演する場合は、公演時間の制限があるために、やむをえず文章や場面をカットしなければならなくなることがあります。ただし『旅をする裸の眼』は、一三章のうちの一章から八章までを、章毎に独立して（三章と四章、六章と七章はそれぞれ組み合わせて）、演劇公演あるいは演劇的朗読公演をしたので、カットはほとんどありません。

――劇団らせん館による多和田作品の演劇化では、複数の作品を組み合わせて一つの演劇作品とする場合もあります。たとえば一九九七年のマドリードの演劇祭では、『無精卵』[10]と『文字移植』をもとに上演されています。この演目はどのようなものだったのでしょうか。

劇団らせん館　一九九七年七月「El punto herido del alfabeto」公演は、多和田葉子作、日本語の小説『無精卵』と『文字移植』をもとに構成した演劇です。（『文字移植』は、当時『アルファベットの傷口』という題名だったので、公演の題名はそのスペイン語訳にしました。）当時、私たちは『無精卵』のドイツ語版があることを知りませんでした。

劇団らせん館の公演「El punto herido del alfabeto」の内容は、『無精卵』を基本に展開して、登場する女性作家の書いている文章が『文字移植』の中で翻訳者が翻訳している文『アルファベットの傷口』です。多和田葉子さんに九八年予定の合同公演作品[11]を依頼した後だったので、その作品に取り組む前に、多和田作品を研究する必要があるということでこの作品を選びました。九六年冬に嶋田がグラナダを訪問し、マドリードに滞在して台本（日本語）を作りました。それを当時の劇団らせん館の拠点スペインのカネット・デ・マールで、劇団メンバー（日本人、アメリカ人、スペイン人）が英語とスペイン語に翻訳し、英語・スペイン語・日本語と少しのラテン語の台本にしました。多和田葉子さんの詩[12]にとりのかなが作曲した歌も入っています。八月にマドリードの夏の演劇祭に招待され、劇場「Teatro Triángulo」で公演し、九月にはカネット・デ・マール市の劇場で公演しました。出演俳優は、日本人二人（市川ケイ、とりのかな）、スペイン人一人（ミゲル・リエラ）、ウルグアイ系スペイン人（デニス・デスペイロ）です。

――近松門左衛門の浄瑠璃から、秋浜悟史、宮澤賢治、シェイクスピアの作品の公演まで、多彩な活動を実践されていますが、その中で多和田作品の上演については、どのように位置付けていらっしゃいますか。

劇団らせん館　取り組んだ原作の数としては、近松門左衛門の浄瑠璃作品は一〇作品（『曽根崎心中』、『心中天網島』、『ひぢりめん卯月の紅葉』、『卯月の潤色』、『五十年忌歌念仏』、『出世景清』、『関八州繋馬』、『源氏烏帽子折』、『けいせい反魂香』、および『冥途の飛脚』から菅専助・若竹笛躬改作の『傾城恋飛脚』）。秋浜悟史作品は三作品。宮澤賢治作品は八作品（『よだかの星』、『雪わたり』、『オッペルと象』、『セロ弾きのゴーシュ』、『土神と狐』、『銀河鉄道の夜』、『檜とひなげし』、『黒ぶどう』）と、「春と修羅」などの詩。シェイクスピアは『夏の夜の夢』一作。テネシー・ウィリアムズも『ガラスの動物園』一作。多和田葉子作品は、一五作品といくつかの詩に取り組んだことになります。

演劇言語を常に追求している劇団らせん館としては、古典から現代語において、方言や外国語も含めた多層の広い世界を持つ作品の言葉を舞台で使いたいと思い、公演してきている、ということだと思います。近松の場合は近世の関西の言葉で、宮澤賢治の場合は岩手とイーハトーブの風土と自然科学の言葉で、多和田葉子の場合はドイツ語と日本語の言葉ですが、各々の層は多層です。

——嶋田さんはエッセイ『追いかけティル』で、多和田作品には「すでに演劇の最初の部分が、書かれていて、第二段階を産み出すことから始めなければならない」と書いていらっしゃいます。この「第二段階を産み出す」ために、嶋田さんは演出家として、また市川さんととりのさんは俳優として、どのようなことを試みていらっしゃいますか。

嶋田三朗　エッセイ『追いかけティル』に、「演劇はそうした場が立ち上る瞬間を観客と共に体験するのだから、一人で本を読んでいるときに生まれる感覚とは別に他者の感性がどしどし割り込んでくる。同じようでありながら自分のとは異なっている他者の意識を、同時に受ける感覚が楽しく刺激的である。」と私は書いていますが、演劇を演出する時には、俳優と俳優、俳優と観客が、各々自分自身の意識と共に、「同じようでありながら自分のとは異なっている他者の意識を同時に受ける」場を設定（用意）するということをしています。

市川ケイ　演出意図に基づいて脚本の舞台言語をその場で再生成するために、一つ一つの言葉の語源・本質・社会性・音楽性、等を研究しています。特に、多和田文学の場合は、ドイツ語と日本語の全く異なる言語の谷間に西洋と東洋の文化がお互いの浸透膜を通じて響いていると思います。その響きを身体に受けとめる作業をしています。

とりのかな　常に現実の生活の中で人々との会話や交流を実践し、それを自分の演技の基本にして、セリフの言葉を引き受ける身体がどのようなものか、を考えています。

セリフや文章を舞台で発声するためには、それらを「引き受ける身体」、つまり、「受け入れて（＝〝声〟や〝声になる前の声や息〟を聞く）、他人に伝え（＝声を発する）、他人の反応を受ける（＝再び、声を聞く）身体」を持つこと、が必要になります。多和田作品の場合には、日本語の文章であってもドイツ語を背景にしていることがあるので、その中でも、個々の多様な感性と人間に共通の感性の両方に想像力を馳せながら、具体的な〝引き受ける身体〟を作ることを心がけています。

――同じ作品を、ドイツでも、日本でも、あるいは他の国においても上演されることがありますが、上演場所の違いによって、演出や演技を変えることはありますでしょうか。あるとしたら、どのようなことでしょうか。また国や地域によって観客の反応の違いはありますでしょうか。

劇団らせん舘　場所や国が異なるから変えるというのではなく、時期（時代）や場所、公演を重ねることによって、同じ作品に対しても、考え方が深くなったり広くなったりするので、演出や演技に変化が出てきます。また、同時期の公演でも、毎回、観客によって、演技や演出が異なります。演劇公演は一回きりで、その時の観客と共に成立する芸術だと思っています。

注

（1）**メイシアター**　一九八五年に創設された吹田市文化会館の愛称。

（2）**エジンバラフェスティバル**　エジンバラフェスティバル・フリンジ（Edinburgh Festival Fringe）スコットランドのエジンバラで毎年八月に開催される国際的芸術祭。

（3）**フランク・ダンロップ**（Frank Dunlop）一九二七〜。イギリスの劇作家。一九八四年から九一年までエジンバラフェスティバルのディレクターを務めた。八五年に来日。

（4）**八九年夏にエジンバラフェスティバル・フリンジで三週間一八回公演**　近松門左衛門の『出世景清』を「Kagekiyo」として、マンデアラ劇場（Mandela Theatre at Wee Red Bar）で上演。

（5）**インタビュー記事「劇団らせん舘の多言語演劇にみる多文化の混在、そして融合」**「CAT」一九九八年二月号掲載。劇団らせん舘が「El punto herido del alfabeto」とのタイトルで初めて多和田作品を上演し、次いで多和田が書き下ろした戯曲TILLの公演へ向から時期に取材された記事。

エジンバラフェスティバル・フリンジでの公演以降、海外公演の経験を重ね、多言語演劇の研究を開始するに至ったこと、市川ケイはミラノ、とりのかなはベルリンへ渡り、やがてカネット・デ・マールに稽古場を得て、多和田作品の演劇化に踏み出した経緯やこの劇団独自の演劇に対する姿勢が語られている。

（6）『**あなたのいるところだけなにもない　Nur da wo du bist da ist nichts**』多和田の第一著書。多和田の日本語作品とドイツ語訳（ペーター・ペルトナー訳）を収めた二言語の詩文集。一九八七年にドイツのチュービンゲンにあるコンクルスブーフ社より刊行された。

（7）『**風に咲く**』『風に咲く』は劇作家の秋浜悟史が劇団らせん舘のために書き下ろした現代劇。一九九一年に大阪で近松連続公演として初演（九月三日～五日、オレンジルーム、一九日～二四日、劇団らせん舘アトリエ）。以降、九五年にかけて、イギリス、ドイツ、スペイン、インド等で公演を重ねた（累計八四回）。インドネシアでは九二年、九三年にジャカルタ、デンパサール等で公演。また初演から二十八年を経て、二〇一九年に尼崎市のピッコロシアターで公演。

（8）『**文字移植**』「アルファベットの傷口」というタイトルで「ブックTHE文藝」一九九三年三月号に発表された小説。一九九九年に河出文庫に収録されるにあたり、「文字移植」と改題された。主人公の「わたし」は翻訳の仕事のためにカナリア諸島を訪れる。「わたし」が日本語に訳そうとする小説は実在する作品で、アンネ・ドゥーデン（Anne Duden）の *Der wunde Punkt im Alphabet*。

（9）『**旅をする裸の眼**』「群像」二〇〇四年二月号に発表された小説。一九八八年から二〇〇〇年へ時代の変化を背景に、ベトナム・サイゴンで暮らしていた女子高校生の「わたし」は東ベルリンに渡り、ボーフム、パリへ旅を続ける。

（10）『**無精卵**』「群像」一九九五年一月号に発表された小説。多和田はこの日本語作品をもとにドイツ語で戯曲 *Wie der Wind im Ei*（風の中の卵の意）を創作した。*Wie der Wind im Ei* は、一九九七年にオーストリアのグラーツで開催される芸術祭シュタイエルマルクの秋（Steirischer herbst）でエルンスト・ビンダー（Ernst M. Binder）の演出で初演（一〇月二四日～同月三一日）。ダンスグループのルバート（Rubato）とともに多和田（朗読）も出演した。

（11）**九八年予定の合同公演作品**　多和田は、劇団らせん舘とハノーバー演劇工房（Theaterwerkstatt hannover）との合同公演のために戯曲TILLを書き下ろした。初演は一九九八年にハノーバーの文化会館Pavillonで、嶋田三朗とマルチナ・ファン・ボクセン（Martina van Boxen）の共同演出。同年一一月に日本でも京都（京都府立文化芸術会館）、名古屋（長久手町文化の家）、東京（シアターX）で上演された。

（12）**多和田葉子さんの詩**　『あなたのいるところだけなにもない　Nur da wo du bist da ist nichts』に収録された「アフリカの舌」と「月の逃走」。

第Ⅱ部

多和田〈演劇〉の謎を解く

言葉・声・音楽

〈エッセイ〉

多声社会としての舞台

多和田葉子

これまですでに書いたことを繰り返してもつまらないので、一番最近のことを書こうと思う。時間的には、新型コロナウイルスがまだ世界を徘徊している現在から過去を断片的に振り返る形になるかと思う。

最近オペラというジャンルが妙に気になっている。これまでもオペラ座に行くことはよくあったが、それならオペラが好きなのかと訊かれると嫌いだと答えたくなる理由がどんどん浮かんでくる。ことにクラシックオペラは、ステレオタイプを絵に描いたような美女が恋のために死に、ユーモアのない英雄が世界を救う。ストーリーは単純で、セリフがキッチュだったり、幼稚なメタファーに満ちていたりする。

クラシックではなく新しいオペラは嫌いではない。ただし積極的に勉強したことはなく、これまでも友人に誘われていっしょに観に行って感激して帰ってくるという受け身なパターンの繰り返しだった。一九八〇年代、勤めていた会社の同僚が趣味でオペラ座のエキストラをしていたのでチケットをもらい、ハンブルグのオペラ座で観たシェーンベルグの『ワルシャワの生き残り』が現代オペラを観た最初だったと思う。今でも忘れられないのは、一九九七年にイザベル・ムンドリーと観たヘルムート・ラッヘンマンの『マッチ売りの少女』、ベルリンに越してから高瀬アキさんと観たショスタコーヴィッチの『鼻』、福島原発事故の年にイルマ・ラクーザと観た細川俊夫さんのオペラなどだろう。

二〇二〇年は新型コロナウイルスのせいで、この地球に生きる多くの人たちにとって特殊な年となった。それまで旅を住処として暮らしていたわたしも三月九日にニューヨークからベルリンの自宅に戻って以来、ベルリンを出ることができなくなり、しかも映画館も文学館も劇場もコンサートホールもすべて閉まっているので、夜はホームシアターで過ごすことになった。うちのホームシアターの座席は座布団で、サイドテーブル代わりに使っている小さなワイン樽にはお茶やおせんべいが置いてあって、とてもくつろげる。座布団にすわって映画や演劇やオペラのDVD、それからシャオビューネ劇場の日替わりストリーミングなどを観て過ごした。

そんなある日、トーマス・ベルンハルトのDVDを観ながら今更ながら自分がどれだけオーストリアと深く怪しい関係にあるかに気がついた。実際の舞台は観ていないがこのオーストリア人作家の『英雄広場』をDVD（一九八九年ブルグ劇場にて収録、クラウス・パイマン演出）で初めて観た。戦後も変わらないオーストリアの反ユダヤ主義を徹底的に描いている。わたしはベルンハルトに関しては小説の方が戯曲よりも文体の特殊性が強く前面に出ていて好きだが、『子供』、『地下室』などの小説では一人のアウトサイダーを世界の中心に置くことで個性的な文体が百パーセント開花しているのに対し、舞台作品には世界市民が共有できる大きな時間と空間がある。どちらを取るのかと訊かれたら、どちらも捨てがたいと答えるしかない。

学生時代にハンブルグで観た映画『ピアニスト』の原作者エルフリーデ・イェリネクもま

たオーストリアを代表する作家だが、今回ＤＶＤでこの映画を久しぶりで観なおしてみて、イザベル・ユペールの演じるカトリックに縛り絞られ壊れた女性の身体を最近どこかで観た気がした。そう、ベルリンのテアーター・トレッフェン祭で観たマリールイーゼ・フライサーの『インゴルシュタットの煉獄』だ。観ているだけで息が苦しくなるような、宗教の縄にぎしぎしと縛られた肉体。しかし見方を変えれば、カトリック教会があまりにも強く肉体愛を抑圧してくれたおかげで、その重さをはね返すだけの力を持った小説や演劇がオーストリアを中心に生まれたのだから、カトリック教会には感謝しなければいけない。それと比べると仏教の抑圧はつかみどころがなく、儒教の抑圧は抽象的で、それに反発する演劇をつくるのは難しい。日本で女性の肉体を締めつけているものの正体は目に見えず、動きがつかみにくく、宗教の境界線など容易《たやす》く越えて絶えず変身している、ちょうど新型コロナウイルスのように手強いイデオロギーだ。

それから全く違ったものが観たくなって、リヒャルト・シュトラウスのオペラ『薔薇の騎士』のＤＶＤを観ていてふと気がつくと、なんとその舞台もウィーンだった。わたしはハプスブルグ家の霊に取り憑かれている。

わたしが影響を受けたフランツ・カフカもパウル・ツェランもウィーンは好きになれなかったようだ。短期滞在しただけで逃げ出している。二人の生まれたプラハや西ウクライナもかつてハプスブルグ家の勢力下にあり、ウィーンを中心とした大きな文化圏に属していた。

わたしはドイツと日本の間で創作しているように思われているが、実はハプスブルグ家と国立市の間で創作しているのである。もちろん長年暮らしたハンブルグの属していたハンザ同盟も今暮らしているベルリンの属していたプロイセンも自分の創作と無関係だとは思えないが、ハプスブルグ家ほどのしがらみは感じない。ただしわたしはオーストリアにも日本にも従属するつもりは毛頭なく、イェリネクやベルンハルトのように絶えず異議を申し立てる関係にありたい。

さて、いろいろなＤＶＤを毎晩観ているわたしがどんどん「はまって」いったのは映画でも演劇でもなく意外にもオペラで、中でもわたしがこれから舞台でやってみたいことのヒントになる要素をいくつも含んでいたのは、『薔薇の騎士』や『影のない女』などリヒャルト・シュトラウスの作品だった。これまでこの作曲家との接点がなかったわけではない。彼の交響詩『ティル・オイレンシュピーゲルの愉快ないたずら』にインスピレーションを受けたり（しかしそれは戯曲『ティル』を書いた後のことだった）、『旅をする裸の眼』（二〇〇四年、講談社）の第六章の下地になっている映画『Drôle d'endroit pour une rencontre』の中でジェラール・ドパルデューの演じる男がリヒャルト・シュトラウスの『四つの最後の歌』をひたすら聴いていたり、断片的にはリヒャルト・シュトラウスとの出逢いがあったが、好きな作曲家だとは言いたくない理由が一つあった。それについては後で書きたい。

リヒャルト・シュトラウスはウィーン出身のヨハン・シュトラウスとは違って、ミュンヘン出身のドイツ人だが、『薔薇の騎士』の舞台はウィーンで、惜しみなくワルツを使っている。この物語の時代背景から考えるとワルツは新しすぎ、それまでの彼の作風から考えるとワルツは古すぎる、ということでかなり批判もされたようだが、華やかでけだるく退廃したウィーン的な俗世間の響きをワルツほどたっぷり響かせてくれるものはない。ワルツが意識的に挿入されることによって作品の肉が厚くなっていることに気づいた時、オペラというジャンルのしたたかさに触れた気がした。

『薔薇の騎士』の第一幕に面白い場面がある。オックスは機会さえあれば若い女性へのハラスメントを繰り返す無人格肉食俗人だが、その一方でちゃっかり金のためにゾフィーと結婚するつもりで準備を進めている。そのオックスが公証人と交わす実利的な会話と、部屋に入ってきたイタリア人の歌手がイタリア語で歌う美しい愛の歌がぶつかり合い、競い合う。これだ。調和しない複数の音楽が同時に聞こえてくると脳がぞくぞくする。それは、今の世の中がわたしの耳にそんな風に響いているからなのだ。不協和音をなすだけでなく、リズムも統制されていないポリフォニーをそっくりそのまま響かせる。十二音階の現代音楽ならばそれなりの響きをなし、すんなり受け入れられるが、『薔薇の騎士』では異質な物がぶつかりることで生まれる光が一瞬ごとに色を変え、その光の総体を耳がとらえられないので不安にもなる。

ちなみにわたしの持っているDVDでは、このイタリア人の歌手の役をヨナス・カウフマンが演じていて、彼の歌唱の妥協のない響きは最初の一音から、まわりで響いている俗世界とは全く別の空間をつくりあげてしまう。声の威力はすさまじいものだ。モンテヴェルディの『オルフェオ』を初めて聴いた時のようにわたしの肌に電気が走った。思えばオペラ『オルフェオ』に感銘を受け、『オルフォイスあるいはイザナギ』という脚本を書いたことがあった。しかし歌ってしまうこと、美の内部に留まることが、工業社会の大都市で生まれヴァーチャル・リアリティに五感をさらして生きるわたしたちにとって、むしろ不自然に感じられることがある。

モンテヴェルディのオペラ『オルフェオ』は初演が一六〇七年だそうで、時代的にはシェイクスピアやセルバンテスの時代だ。四百年以上も前の話だが、その時代の豊かさは今もわたしたちに栄養を与え続けてくれている。もう戻ってはこない過去だが、現代文化の一部をかたちづくっているという意味においてはこの過去は過ぎ去ってはいない。シェイクスピアの作品は、『ハムレット・マシーン』（ハイナー・ミュラー、一九七七年）をテーマに修士論文を書いていた時期だけでなくいろいろな機会に繰り返し読んだが、セルバンテスを読んだのは、劇団らせん館のために戯曲『サンチョ・パンサ』を書いていた時期だけだったかもしれない。

モンテヴェルディの『オルフェオ』はベルリンに引っ越してきて間もない頃にオペラ座で観た。有名なわりに上演されるのが稀なオペラなので観られたのは幸運だったが、オルフェオ役の歌手が喉をやられていて途中で歌い続けられなくなって上演が中断されたことを最近よく思い出す。おそらく新型コロナウイルスのせいで、喉にまつわる記憶が活性化されているのだろう。

CDはそれより前から持っていて、羊飼い、妖精、神話の神々、希望など、登場人物の多様性が気に入って、そのへんを参考にして『オルフォイスあるいはイザナギ』を書いた。草花も、霊も、「希望」という抽象的概念（あるいはアレゴリー）さえも歌を歌うところが新鮮に感じられた。脚本『オルフォイスあるいはイザナギ』は、もともとはラジオドラマ用に書いたもので、しかも執筆中にモンテヴェルディのCDが頭の中で響いていたので、わたしにとっては耳を意識した作品だったかもしれない。

『薔薇の騎士』に話を戻すと、純粋な美を歌うイタリアの歌手は十五分ほどで敗北する。誰も彼の歌に関心を持ってくれないのだ。元帥夫人だけは彼に静かに感謝の気持ちを現わすが、他の人たちは全くの無視である。オックスに至っては、美しい歌を俗物的なセリフで掻き消そうとする。がっかりしたイタリアの歌手は歌うのをやめて、山盛りのスパゲッティーを食べ始める。この場面ではいつも笑ってしまう。作品に充分ユーモアやアイロニーがあれば、ヒロインは自殺せずにすむことが多いのではないか。主役の元帥夫人は自殺などせず、微笑みを浮かべて舞台を去る。彼女は「純粋芸術」対「世俗性」という二元対立とは別の次元にいる。三十代の彼女は十七歳のオクタヴィアン伯爵と恋愛関係にあるが、若い彼がやがて若い女性に惹かれて自分を捨てることを予感し、過ぎゆく時というものについて考える。後半、オクタヴィアンが若いゾフィーと恋におちると元帥夫人は嫉妬せず、むしろ若い人の恋を応援する。若い女性に場所を譲る、次の世代に贈り物をする、他人の幸福を考える、というのは、カルメンに唾をかけられそうなあまりにも清らかな態度だが、だからと言って『薔薇の騎士』はみんなが良い子になって丸くおさまるオペラではない。元帥夫人、オクタヴィアン、ゾフィーのそれぞれが複雑な思いや迷いや痛みを持ち、それが一つに溶け合わないまま歌う三重奏の、オペラならではのシーンがクライマックスにある。相思相愛の男女の声が重なるのとは違って、決して一つに溶け合うことのできない三人の声の重なりにわたしは骨の髄まで震えた。

わたし自身、一つに調和されない複数の声というテーマにはかなり前から関心があったようだ。意識していたわけではないが、今振り返るとそんな気がする。二〇一七年、高瀬アキさんとは毎年のようにシアターX《カイ》でパフォーマンスを上演したが、その時に使ったマヤコフスキーの『ミステリア・ブッフ』は、地球のいろいろな場所で暮らしていた人たちがあるカタストロフィのせいでみんなグリーンランドに逃げてきて、それぞれの思いを次々語るつくりになっている。お互いの話をちゃんと聞くということもなく、ばらばらのモノローグや嚙み合わないダイアログを並列する面白さ。並べるのではなく、オペラのように同時に響かせればもっと面白いのだろうが、そうすると意味が聞き取れなくなってしまう。

二〇一八年にはやはり高瀬さんとの定期公演で、別々のセリフを二人で同時にしゃべるというセクションを冒頭に置いた。短いので観客はわたしたちが一体何をやっているのか分からないうちに終わってしまったかもしれない。オペラのように、堂々と、長々と、しつこく、脂っこくやったらさぞかし愉快だろうとは思うが、小説家であるわたしはつい、せっかく書いた言葉は全部聞き取ってほしいと思ってしまう。そんなこだわりは舞台上ではナンセンスなのかもしれない。なぜなら、音響的に全部の単語が聞こえたからといって、それが全部観客の脳味噌に入るわけではないからだ。むしろ個々のセリフは聞き取れなくても、また理解できなくても、作品全体が波のように押し寄せてくるという舞台芸術ならではの現象は存在する。字幕がなかった時代からオペラ座は満員だった。

シアターXでのパフォーマンスは常にわたしが試みてみたいことの最先端を試してみる場でもある。高瀬アキさんの音楽と向かい合って言葉をつくり、朗読するので、わたしにとっては言葉と音楽について考える工房にもなっている。また定期公演をもう二十年くらい続けているというのにまだ「さすがにもう飽きた」とは言わずに両国シティコアビルの高い階から見守ってくださっているシアターXの上田美佐子さんには深く感謝している。

オペラ『薔薇の騎士』に話を戻すと、ワルツを含め俗世界の音が全体を通して鳴り響いているからこそ、元帥夫人が部屋で一人になる時の静寂は格別だ。その静寂の中で、元帥夫人が時間の実体について考えるのだが、そんな哲学的思考がここまで感情に訴えてくるのは、ホフマンスタールのリブレットのおかげだろう。個々のセリフは彼の散文と比べるとシンプルだが、その言葉のつくる建築物は巨大で、風通しがよく、眩しいほど明るく、俗物集団が入ってきて騒いでも、大きな地震が来ても壊れず、ますます色彩が冴えていく。

　オペラ『薔薇の騎士』を舞台で初めて観たのはかなり昔のことで、確かハンブルグのオペラ座だったと思う。今年（二〇二〇年）になってレネ・フレミングが元帥夫人を演じたバーデン・バーデン（ドイツ）での公演を収録したＤＶＤを購入し、すっかり「はまって」しまい、彼女の出演しているオペラのＤＶＤで手に入るものはすべて買い集めて繰り返し観て、分厚い自伝まで読んだ。そんな時間がとれたのも新型コロナウイルスのおかげである。フレミングについて書き始めると切りがないのでここでは省略する。このように一人の歌手や役者に惚れ込んで劇場に通いつめたり、ＤＶＤを集めまくるという「ファン現象」は、作家の立場からみるとあまりにもミーハーで、「それより作品そのものをちゃんと観てください」と文句を言いたくなるが、実は人が劇場に足繁く通う場合、役者への偏愛が原動力になっていることが多い。それも演劇の大きな特色の一つであり、軽視することはできない。人はなぜ役者や歌手に恋をするのか。言葉を放出する肉体が目の前にあることの絶対的魅力のせいではないか。生まれたばかりの赤ちゃんにとって親はミルクが溢れ出てくる存在であり、赤ちゃんはそれなしには生きていくことができない。ミルクだけでなく言葉も同じ肉体から発せられているわけで、言葉をかけてやらないと人の子はうまく育たないそうだ。

　クラシックオペラは、恋する人間の誤解によって引き起こされる悲劇または喜劇という内容に尽きる、と密かに見くびっていたわたしは、五月初頭にはリヒャルト・シュトラウスのおかげでこの考えをすっかり変えていた。もっともこの作曲家がどこまで「クラシック」なのかは専門家に訊いてみないと分からない。モーツアルトはもちろんのこと、ワーグナーにも戻れない彼は、妙に保守的でありながら、明らかに未来に片脚を踏み入れている。五月末からはアルバン・ベルクやアルノルト・シェーンベルクのオペラも聴き始めたが、気がつくとどちらもオーストリアの作曲家で、わたしはやはりハプスブルグ家の亡霊に呪われているようだ。そもそもわたしが初めてドイツ語で書いた戯曲『夜ヒカル鶴の仮面』も次に書いた『卵の中の風のように』も初演はオーストリアのグラーツだった。

リヒャルト・シュトラウスについてはもう一つ、付け加えておきたいことがある。彼の最後のオペラ『カプリッチョ』は、一人の女性を二人の男性が恋するというどこにでもありそうな話だが、どろどろした嫉妬劇ではなく、男性二人のうち一人は詩人、もう一人は作曲家で、恋の争いは、「言葉が先か、音が先か」という問いの中から生まれている。リブレットはホフマンスタールではなくクレメンス・クラウスによるもので多少単純ではあるが、歌われることで言葉が生命を得て、聴いていていてかなり楽しめる。

音か言葉かというテーマは時代を超えたものではあるが、もしリヒャルト・シュトラウスがベルンハルトの『英雄広場』のように時代にしっかり目を向けた作品をつくっていたらどんな作品になっていただろう。『カプリッチョ』のつくられた一九四〇年頃、リヒャルト・

シュトラウスもクレメンス・クラウスもナチス政権に迎合していた。いくら時代を超えたテーマを扱っていても、何らかの形で自分の生きている時代の政治と批判的関係を構築していない作品には限界がある。もちろん政治的に正しくても芸術としてつまらない作品は山ほどあるだろう。芸術と政治の関係は非常に複雑なので、安易に無関係を主張しないに越したことはない。

ただ、オペラのように大きな装置に関わってしまうと、時の権力を批判すれば、全く活動できなくなる。わたしはモノカキでよかったと思う。逮捕さえされなければ家で原稿を書き続けることはできるし、たとえ出版ができなくなってもオンラインで発表することだってできる、などと日本が独裁体制になってしまった日のことまで心配しているわたしはパラノイアに憑かれているのか、それとも現実主義者なのか。前者であることを心から祈る。

逆に言えば、オペラの公演を実現できればそれだけでもう、小さいながら社会的できごとを実現したことになる。作曲家はもちろんのこと、芸術監督、オーケストラ、指揮者、ソリストたち、コーラス、衣装、照明などたくさんの人間が動き、最後にはたくさんの観客を動かすことで社会の一部を動かしたことになる。毎晩何千人という観客が何時間もスマホのスイッチを切って舞台を睨み続けるだけでも一回一回の公演が社会的事件である。現代オペラの場合、公演回数は少なく、小さい会場で上演されることもあるが、それでも詩や小説の創作と比べると舞台芸術は他人の身体を動かし、お金を使わせ、場所を占領する。そこが面倒くさくもあり、魅力的でもある。わたしがこれまで舞台に近づいてはまたすぐに書斎に逃げ込むということを繰り返していたのも舞台芸術のそんな両面性のせいかもしれない。

舞台芸術のトランスジェンダー性についても一言書いておきたい。『薔薇の騎士』に出てくる十七歳のオクタヴィアン伯爵は男性だが、メゾソプラノのパートになっていて女性歌手が演じる。いわゆる「ズボン役」で、モーツァルトの『フィガロの結婚』のケルビーノなどもそうだが、「ズボン役」は若い能役者のようなある種の魅力を放っていたのかもしれない。すでに時代遅れと見なされていた「ズボン役」をリヒャルト・シュトラウスは敢えて復活させ、それが作品の〝花〟になっている。オクタヴィアンを演じるソプラノ歌手は外見を少年風に仕立てあげるわけではなく美女丸出しで、それが元帥夫人と寝室にいる『薔薇の騎士』の最初の場面は、どう見ても二人の女性が愛の戯れを交わしているようにしか見えない。この場面がよくＤＶＤのカバーや公演ポスターになっているのも、そこに花があるからだろう。

歌舞伎の女形、宝塚の男役など、ジェンダー交換が演劇に果たす役割は興味深い。もちろん小説にも性の境界を越える瞬間はある。わたし自身、『容疑者の夜行列車』（青土社、二〇〇二年）の「ハバロフスクへ」の章、『地球にちりばめられて』（講談社、二〇一八年）のアカッシュ、「群像」二〇二〇年一月号に発表した『わたし舟』など、時々トランスジェンダーを小説で扱ってはいるが、小説にとってはモチーフの一つに過ぎない性の越境が舞台芸術にとっては根本にあるような気がしている。

二〇一四年に「白拍子」という多言語の混ざった朗読用テキストを書き、シアターX《カイ》の定期公演でも朗読した。白拍子に注目したのは女性が男性の姿で踊る伝統に興味を持ったからだ。踊りはエクスタシーであり、一つの性のアイデンティティを離れて、川の向こう岸に渡る旅でもある。性の境界を越えた者は、霊や死者や自然の神々と交流することができる。そのような舞いは、かつては共同体のための儀式的性格を持っていたが、それが能になり、さらに歌舞伎になった時点で、霊的な要素は残しながらも、俗世間の利害関係、家族制度、道徳、法律などが複雑に絡んでくる。『オルフェオ』が能なら、『薔薇の騎士』は歌舞伎かもしれない。因みに、わたしが日本で毎年優れた能の舞台を鑑賞できるのは、ドイツ文学研究者であり能に非常にくわしい須藤直子さんのおかげである。

能には亡霊はもちろんのこと、蟬や猩猩《しょうじょう》など奇妙な動物が出てくる。人間でないもの、つまり「人外」が大きな顔をして登場する。人間と人外の出逢いという観点から観ると、リヒャルト・シュトラウスの作品の中では『影のない女』が面白い。人間とは何かというテーマを掘り下げたければ、人外の立場から人間を客観視してもらうのが一番である。

わたし自身、デビュー期の『犬婿入り』（講談社、一九九三年）から始まって比較的最近書いた『雪の練習生』（新潮社、二〇一一年）に至るまで、一貫して人外に関心を持ってきた。戯曲『動物たちのバベル』に至っては人間が破滅してしまった後、動物たちがどうやって社会をつくっていくかという話で、人間は登場しない。敢えて言えば、最後に舞台上の動物たちの目に映る観客たちが唯一の人間である。因みにわたしが人外に関心を持ったのはカフカを読んだからではなく、動物が登場するのが当たり前な児童文学を読んでいた子供時代から創作をしていたので、子供から大人への閾《しきい》を跨ぐことがないまま、今日まで人外を背負い込んでいるだけではなく、わたし自身が人外ではないかと感じることも多い。

オペラというキーワードは、これまでも時々わたしの肩を叩くことがあった。劇団らせん舘が『雪の練習生』の一部をオペラ化して上演したことがあった。高瀬アキさんは『飛魂』（講談社、一九九八年）をオペラ化したいということを昔から言ってくれていて、いわゆるオペラではないが広い意味での音楽劇あるいはダンスと音楽のパフォーマンスなど、『飛魂』をめぐる多彩な舞台をつくってきた。クラシックオペラの歌唱法は用いず、話すことと歌うことの境界線をさまようような新しい「オペラ」をいつか彼女とつくることができたらと思っている。

『飛魂』は、必ずしも発音できない絵としての漢字に覆われた小説だ。音のない小説と言ってもいい。よりによってそんな小説をオペラにしたいと言ってくれたのは高瀬アキさんだけでなかった。世界中でオペラや器楽曲を発表して高い評価を得ている作曲家の細川俊夫さんも、わたしが『飛魂』を文芸誌に発表した時、これをオペラにしたいと言ってくださった。そのプロジェクトは実現しなかったが、いつの日かわたしがリブレットを書き、細川さんがオペラにしてくださることになりそうなので、それを大変楽しみにしている。この先オペラ・プロジェクトの話がいくつかあるが、捕らぬタヌキの皮算用はこのへんにしておきたい。

思えば、ドイツ語の戯曲を書く時は歌うように書いていた。おそらく歌われることはないだろう小説の場合も、心の中では歌っていた。ドイツ語のリズムは音楽と切り離せない。日本語を書く時にその下を流れているのはどんなリズムなのか。平家物語なのか、樋口一葉なのか、宮沢賢治なのか、『イェフゲーニー・オネーギン』や『やし酒飲み』の日本語訳なのか、それとも共同体の語りの大きな流れに逆らって孤独にドンドコ叩く太鼓のリズムなのか。芝居はどこまで歌うのか、どこから歌うことを敢えて拒むのか。答えはまだ出ていないが、歌う部分と歌わない部分のちょうど真ん中くらいに文学の舞台を据えてみたいと考えている。

レシタティーヴ

高瀬アキ

〈エッセイ〉

多和田葉子さんはいつも元気で何ごとにも明瞭活発である。それは初めて出会った時から今日までほとんど変わっていない。大抵は約束した時間のほんの少し前には表玄関のベルを鳴らし、かなり重たそうなリュックサックを背負いながら、二階の階段へと飛ぶ勢いで登って来る。その足音に気がつきドアを開けると、彼女はまっすぐに立ちにっこり笑って、コ・ン・ニ・チ・ワ！　と楽しそうに言う。

ドイツ語に „klipp und klar“ ということわざがあるが、彼女はまさにズバリ、キッパリ、ハキハキの三拍子人間である。いや　まだまだある。ついでにサバサバ、すっきり、ぴったりも加えておこうかな。彼女にはタジタジ、モタモタ、ダラダラ精神はない気がする。

数年前の公演で葛飾北斎がテーマだった時のテキストの最後の部分をここに引用しておく。

ぞくぞく北斎
はればれ北斎
ぴんぴん北斎
とことん北斎
あつあつ北斎
ほかほか北斎

（多和田葉子作）

„Traurigsein gibt es nicht. Wir funktionieren munter wie Wasserpumpen"
〃かなしいということはありえない、わたしたちは汲み上げポンプのようにほがらかに機能する〃

「Gelati.」(「氷菓子」)多和田葉子詩集『あなたのいるところだけなにもない』から

知り合った頃の葉子さんは大正時代の洋画家岸田劉生が描いた麗子像にも似たおかっぱの童女のような顔だちであった。だが一旦喋り始めるとまるで魔法がかかったかのように彼女の唇だけに焦点が当たり、その響く声音で周りの空気を変えてしまうのだ。

まるで小説『飛魂』の物語にある森林の奥に住んでいると言われた虎つかいの巫女のようだ。そして彼女の正体は謎に包まれてしまう。いま正体と書いてみて、この言葉が気になり始めた。今度会ったら彼女の正体？　について聞いてみたい。おそらくは彼女の頭脳の中に眠る数億の言葉の粒子から、光のような速さで簡潔で舌を巻くようなコトバを返して来るに違いない。

私の知っている人間たちの中で、葉子さんほど面白くかつ明快に即答できる人はいない。

いつからか私たちは〃言葉と音〃と題したパフォーマンスをドイツ、また欧米でも演《や》ることになったが、そのきっかけは一九九九年に北ドイツ放送局で「カフカ」と名付けられた一時間番組に二人が出演することになったことからだ。いつのまにか日本でも毎年十一月に恒例のイベントとして両国にあるシアターX《カイ》でも公演し、今年で二〇年目を迎える。

だが公演以外で私たちが会うのはおそらく一年に数回だけである。私は彼女の私生活をほとんど知らない。いつだったか南ドイツからベルリンに向かう同じ電車に偶然に二人とも乗っていたらしいが、それも後になって気がついた。

公演日が近づくとその打ち合わせや、リハーサルのために会うのだが、大抵はよもやま話で時間がどんどん過ぎていってしまう。葉子さんが遭遇した最近の出来事について捲《まく》し立てることがある。それらの話は現実に起こった事とはとても信じがたく何だか狐に騙されたようにいつも怪しげで不思議、まさしく雲を摑む話のようだ。彼女はいつだって作家で詩人なのだ。どこまでがホントなのか疑心暗鬼ではあるが、それはまあどうでも良い。もともと空にふわりと浮かぶ雲のような音のかたまりや寓話はとてもオモシロイ。たとえば雲を追いかけてゆっくり眺めているうちに、いつともなく空から♪♪が降ってくるような瞬間に出会いたいのだ。そしてそれらを手のひらいっぱいに摑んでは、その閃きを五線紙の上に書き留める、あるいはメロディーの梯《はしご》を繋げてみたい。

私の好きな時間はあれこれ喋っているうちに二人が何かを思いつく瞬間である。もしかしたら無駄話とも思える中に、実は公演に繋がる沢山のヒントもあるのだ。

また彼女の躊躇《ためら》わない実践力も好きだ。だいぶ前になるが、何かの公演のために体全体を包むぬいぐるみを着てみようかとどちらともなく言い出した。よく考えてみたら、熊やタヌキの形をした大きなぬいぐるみを被ってしまったらピアノは弾けないし、彼女も喋ることが難儀なことに気がついた。おまけに公演中ずうっと着ていたなら、暑くてたまらないだろうし、いつどんなタイミングで脱ぐかもかなり問題である。

それにしてもぬいぐるみのサイトを覗きながら二人して考えてみたことがどこか滑稽である。幼稚な発想だね！　と言われても仕方ない。でも公演のテーマに伴う舞台構成やアイデアを考えている時、私たちなりにいつだってマジメなのである。

笑う、戯れるということは単なる表面的な可笑しさからだけ生まれるわけではない。

そしてユーモアには多くの想像力や表現能力も必要だ。何か常識という枠を超えた中にふと浮かび上がって来た時の笑いが私には面白い。

多和田葉子さんの笑いは鬼が嗤うワライでもある。私たちの公演で使う小道具のオモチャや政治家のお面なんかに騙されるな。一筋縄では到底いかないのが彼女の作品でもあり、そこから生まれて来る言葉にひそむユーモアのテクニックと本音の組み合わせは彼女の最大の秘密ともいえる特技なのだからどうぞ御用心なさいませ。

この頃は日本でも聞き手からの反応として会場が和やかな笑いに包まれることもあるが、ドイツ公演では聴衆がまさに落語でも聞きに来たかのごとく、私たちの周りはいつも大きな笑いの渦になる。それは音楽が喋り、言葉が踊り出すのだ。

二一世紀を生きる彼女の言葉は決して押し付けがましくない。笑いを誘う言葉の中に現在を生き抜くための大切なメッセージが沢山ひしめきあっているのだ。だから聴衆は賛同し、おそらくはそれらが小気味良く、私たちの公演に足を運んで下さるのだと信じている。

多和田葉子さんは、いまや世界中が破滅に向けて、どんどん突き進んでいくような怖さや恐れをしっかりと警告しながらも、出来ることなら若者に向けて少しでもゲンキな未来を迎えてほしいという熱い想いがあるに違いない。

彼女がよく言う「これこそ真のパフォーマンス!」とは言葉や音楽が持つ魅力を最大限に伝えることの出来るパッションや生きるエネルギーを私たちの手で力強く送り出すことかもしれない。

ある時、彼女に尋ねてみたことがある。「葉子さん、私たちって友達なのかな?」と。彼女はいつものように即座に「それ以上だと思うよ」と笑いながら言ったのだった。

それ以上とは一体何だろう?

Etüden im Schnee

by akitakase

fig. 10
高瀬アキ作曲「雪の練習生」譜面　Etüden im Schnee

〈ドキュメント〉

早稲田大学における多和田葉子&高瀬アキワークショップの歩み

松永美穂

ドイツ在住の作家多和田葉子とピアニストの高瀬アキは、すでに二〇年近くコンビを組んで、朗読と音楽のパフォーマンスを続けている。「ユリイカ」の多和田葉子特集号（二〇〇四年十二月発行）に掲載された自筆年譜には、一九九八年十月十五日に「青木淑子の紹介でピアニストの高瀬アキの家に初めて行く」という記載がある。[1] 翌年の七月七日には「ＮＤＲで、初めて高瀬アキとスタジオ・パフォーマンス。後にミヒャエル・ナウラーの『カフカ。ジャズと文学』という一時間番組で放送される」と書かれている。さらに、二〇〇〇年一月二十八日には「高瀬アキと初めて公演（ベルリンの日独文化センター）」とあり、八月二十五日には「下北沢アレイホール（東京都）で高瀬アキと公演。日本では初めて」、十月十日には「ベルリンのジャズ喫茶『Ｂフラット』で高瀬アキと公演」、そしてこの年のまとめとして「この年から、ドイツでピアニスト高瀬アキとの共演が増える」とあって、二人での活動が本格化していったことがうかがえる。多和田は翌年九月、チェーホフ祭の一環として東京・両国のシアターＸ《カイ》で高瀬アキとパフォーマンス。これがシアターＸでの初の共演で、その後もつながりは続き、いまでは「晩秋のカバレット」と題して毎年一回の公演を同所で行っている。二人のパフォーマンスはドイツ各地、また、ニューヨークでも行われた。二〇〇三年には共作のＣＤ「diagonal」をドイツのKonkursbuch Verlagから出している。勢いのある多和田の朗読、二言語から成る実験的なテクスト、またもう一つの声として、多和田の世界と絶妙に混じり合う高瀬のピアノ演奏は、このＣＤでも充分堪能できる。

多和田は一九八七年のドイツでの作家デビュー以来、積極的に朗読会を行ってきた。しかしソン・ヘジョンは、多和田が早稲田大学第一文学部ロシア文学専修時代に書いたベラ・アフマドゥーリナについての卒業論文を分析し、多和田がすでに学生時代から、文学作品を活字でなく音声の形で伝える「朗読」に強い関心を持っていたことを指摘している[2]。

「これまでの先行研究では、多和田の世界的に行っている文学活動、なかでも活発な『朗読』が、ドイツの『聞く文化』から作家の『朗読システム』に影響されたと言及するものが多かった。もちろん間違いではないが、ドイツの朗読文化は多和田が実際に朗読を始めることになったきっかけに過ぎず、彼女の文学における『声』のはじまりは、この『ベラ・アフマドゥーリナ』であったことを、本稿を通じて明らかにしたい。多和田は文学における『声』の意味を、日本語という母語の世界から離れる以前から『文学』を通じて探ろうとしていたのである。」

ソンが抜粋で紹介する卒業論文の「プロローグ」において、多和田は次のように書いている。

「音は言葉ではないから、その音について、リズムについて、言葉で語るのは難しい。が、そこにはリズムによって引き出された、『意味のリズム』があるかもしれない。――ふくれあがったものが、ぱちんとはじけて、しぼむ。とまっているものが、うごめき、立ち上がり、走り出す。さざめきが、とどろきに変わる。高みからの落下。深みからの湧きおこり。廻っているものは遠ざかっても、かならずまためぐってくる。――そういった、詩の力学を鮮やかに知覚し、そこを出発点としたい。

そして、それは、享楽をもって終り、評価には至らないだろう。今もふるえ広がりつつあるその「声」を紐でくくって、ラベルをはって、ロシア文学史の整理棚にしまうわけにはいかない。(3)」

多和田は論文のなかでアフマドゥーリナの詩を翻訳してみせるが、そこに選ばれた詩には「喉」「声」「話す」「叫ぶ」「沈黙」といった単語がしばしば使われている。論文の「エピローグ」の言葉はこうだ。

「だが、彼女(筆者注 アフマドゥーリナ)は独自の声をもっている。その声は、聴衆の鼓膜をふるわせ、目の前の風景をふと新しくするだろう。水は、より豊かに湧き、雪は喜ばしく降り、恋は軽やかに疾走し、自動販売機はやさしくソーダ水をほとばしらせはじめるだろう。(4)」

「独自の声」をもち「聴衆の鼓膜をふるわせ、目の前の風景をふと新しくする」という表現は、多和田の朗読にも当てはまると思い当たった。すでに彼女の朗読を何十回も聴いてきた筆者にとって、多和田は言葉だけではなく声で、その強さと抑揚で、未知の世界をそこに立ち上がらせることができる朗読者だ。

ドイツでの作家デビュー後に多和田が行った朗読会では、当初は翻訳者であるペーター・ペルトナーが通訳として同席することも多かったそうだが、筆者がハンブルクに留学していた一九九一〜九二年には、すでに多和田単独での朗読会が活発に行われていた。ハンブルクの文学館、カフェ、大学、書店、さらには他の街の美術館などで、何度も多和田の朗読会を経験したが、当時から朗読にはときおり日本語のテクストが混ざるスタイルで、観客は不思議な世界に引き込まれ、意味がわからなくても興味を引きつけられていた。また、随所で入るユーモアにも、大いに笑いを誘われていた。多和田の朗読はその後、「表面翻訳」(5)に挑戦したり、ハプニング的翻訳（聴衆に本を開かせて、偶然出たページを朗読したり、「お好み焼き」の詩のように、読むたびに言葉の順序が変わったり）、効果音が加わったりと、どんどん進化していった。音楽とのコラボレーションも早い時期から行われていた。筆者は一九九二年のハンブルクで、多和田がピアニストの演奏とともに朗読を行うのをすでに体験している。多いときは一年に五十回もの朗読会を行ってきた多和田は、現在までに優に千回以上、朗読の舞台を踏んでいる。朗読会の盛んなドイツでも、これほど多数回に及ぶ自作朗読を行うのは珍しいのではないだろうか。（積極的に朗読を行っている他の作家としては、シリア出身のラフィク・シャミが思い浮かぶ。彼の場合は「ハカワチ」と呼ばれるアラブの語り部の伝統が背景にあるようだ。）

高瀬とのコラボレーションによる一種の朗読コンサートの形が二〇〇〇年ごろにできあがっていくが、それが定着してから、二人で「手遊び」「リズム」などのワークショップを行うようになったのが二〇〇八年ごろと考えられる。たとえば早稲田大学以前に新潟大学でこうしたワークショップを実施したそうだ。これは多和田と高瀬が舞台上でやっていた、手でそれぞれ違ったリズムを叩きながら言葉を言うパフォーマンスを、聴衆にも体験させるというものだったらしい。

　多和田は作品のなかでも、声や音読をしばしばテーマにしている。一九九八年にドイツで出版された*Verwandlungen*はテュービンゲン大学での三回にわたる文学講義を一冊にまとめたものだが、その最初の講義のタイトルは「鳥の声」。「外国で話すとき、声は奇妙に隔離され、むき出しで空気のなかを漂う。あたかも単語ではなく、鳥を口から吐き出しているようだ」（原文ドイツ語、翻訳は筆者による）[6]という文章で始まるこの講義は、声と身体性の問題、外国語ゆえの実験的発話のおもしろさ、文学や音楽の作品で鳥の声が果たす役割などを論じている。そして、「外国語で話す者は、鳥類学者と鳥を一身に兼ねている」という言葉で結ばれている。[7]

　同じ年に日本で出版された小説『飛魂』では、亀鏡という教師が導く女性ばかりの学舎が舞台になっている。[8]ここでは授業の一つに「音読」があり、語り手の梨水はその音読において、みなから一目置かれるようになる（以下、括弧内に示した数字は引用ページ）。

「内容のことを考えている余裕もなく一心に書を声に変えた最初の音読の時、わたしは初めて書の肌に近づいたような感触を持った。」（31）「わたしの発音発声の能力は劣っていた。（中略）ところが、その劣った朗読が徐々に、呪術的な力を持ち始めた。」（33）

　梨水が音読すると、「意味の不明な意味が不明のままに立ち上がる」（33）と評価されるようになる。音読によって意味がクリアになるのではなく、音声はむしろ自由で独立した身体性を獲得し、言霊として飛行するようになる。

「わたしは、書を音読するときには、文字を知らないものの心で読んだ。」（59）「するといつの間にか、わたしの声はしなやかな魚網であることをやめて、剛鷹になり、茶色いぶちのある長い翼を広げて、講堂の天井に舞い上がり、円を描きながら頭上を飛行した。」（59）

　声は、聞く人を魔術にかける。「音読するために前へ進み出ていくわたしは、一歩、歩くごとに虎に変身していった。まわりの人たちにわたしの姿の変化が見えたのか見えなかったのかはわからないが、わたしの心窓からは、腹の脂肪をゆらして毛並みに金粉を光らせながら、ゆっくりと歩いていく虎が見えた。それがわたしだと思うと、もう怖いものはなかった。」（78）「音読していると、文章の意味がコウモリのようにあわただしく飛び去っていった。そして、その代わりに、言葉の体温が身体に乗り移ってくるようだった。」（78）「音読の心得として、覚めていながら流されること、と帳面に書き記した。」（166）

『飛魂』には、多和田が理想とする音読のあり方が語られているように思える。音読する者が「一歩、歩くごとに虎に変身してい」く音読とは、知の部分よりも魂に働きかけ、言葉に生命を吹き込む行為なのかもしれない。具体的なテクニックはよくわからないが、「覚めていながら流される」、とは、冷静でいながら無の境地に至る、ある種の没我状態ということなのだろうか。

多和田&高瀬のパフォーマンスに話を戻そう。二〇〇九年、民主党政権の「仕分け」によって演劇関係の予算が削られる見通しが出てきたとき、パフォーマンスの場を確保するために早稲田大学でも何らかのイベントができないかという打診が多和田からあった。この申し出を受け、「言葉と音が出会うところ」と題してまず試しに戸山キャンパスの大会議室を使ってワークショップを行うことになり、学生たちに「手遊び」「リズム」などを体験してもらった。高瀬がオーケストラを指揮するように聴衆を指揮して輪唱のように朗読をさせたり、「dadada」の詩で「だ」のところだけ拍手するなどの内容で、学生たちとの距離も近く、参加者は大いに楽しんでいたように思う。

このときには、学生側の事前準備はなかった。翌年からはこのイベントは早稲田大学文化推進部と筆者が所属する文化構想学部文芸・ジャーナリズム論系との共催となり、早稲田大学小野梓記念講堂でパフォーマンスとワークショップを一日ずつ行った。このときもワークショップに参加する学生の事前準備はなく、当日客席に呼びかける形で壇上に上がってもらった。ただ、上がったものの出された課題にとっさに対応できない学生もいて、事後のアンケートでは「趣旨がよくわからなかった」と書く者もいたため、翌年はあらかじめ参加者を募ったり依頼したりして準備してもらう形式を採り入れた。（部分的には、当日参加も会場で呼びかけた。）この方法で、積極的な学生を集めることができた。

二〇一一年に行ったのが、多和田の詩の複数言語への翻訳と朗読をメインとするワークショップである。翻訳を行った学生たちが多和田の後ろについて、時間差で朗読しながら講堂のなかを練り歩いた。これは非常におもしろく、聴衆にとっても見ごたえ・聴きごたえのある内容だったと思う。この成功により、ワークショップはあらかじめ課題を設定し、文芸・ジャーナリズム論系の学生を中心に参加者を募って行う形になった。また、二〇一二年からはパフォーマンス公演をワークショップの前日にし、学生には多和田と高瀬のパフォーマンスを参照してもらったうえでの参加を呼びかけた。早稲田の学生には課題を与えられると熱心に取り組む人が多い。しかも、文芸・ジャーナリズム論系には創作を志す者が多いため、次第にワークショップのレベルが上がっていった。また、外部からの参加者も受け入れる方針にしたところ、さまざまな方面からの参加申し込みがあった。法政大学ＯＧでその後『すばる』の新人賞を受賞することになる小説家の山岡ミヤ。早稲田大学教育学部在籍だった詩人の文月悠光。大学院現代文芸コース在籍だった作家の雛倉さりえ。政経学部ＯＧで現代美術作家の原口比奈子。当時は大学院在籍中で後に翻訳家デビューする川野太郎や有好宏文など。さらに、姫路科学館職員、歯科医師、建築家……など、文学に限定されないおもしろい参加者が集まった。音楽も、高瀬のピアノだけではなく、ギター、フルート、打楽器、トランペット、サックス、オーボエ、バイオリンなど、幅が広がっていった。参加学生には九月ごろにテーマを告知し、そのテーマに沿って書いてきたテクストを三分以内で朗読してもらうのが基本パターンとなった。（テクストは引用可、としたこともある。）当日音楽演奏と合わせ、朗読のやり方もそれに応じて工夫し変えていく。年によっては、参加者にあらかじめ音楽を作ってきてもらったこともあった。

ここに、二〇一一年のワークショップの企画を出す際に多和田と一緒に書いた文章があるので引用したい。これは、文化推進部に提出する企画書に書かれたものである。

「文学作品を読み、舞台にどう乗せるかを考えることで、文学の創造される場に近づいてみる、という企画。舞台に乗せるとは、狭い意味での芝居をする、ということではなく、音楽・美術と関わりを持つこと、朗読の意味を考えること、ある作家の全作品のなかから抜粋して並べることで、一つの作家像を作ること、などを意味する。文学の創作に関心を持つ早稲田の学生たちとともに、言葉と音楽のコラボレーションの可能性を探ってみたい。」

ここでは、「狭い意味での芝居をする、ということではなく」「音楽・美術と関わりを持つこと、朗読の意味を考えること」というワークショップの目標がすでにはっきりと示されている。この基本姿勢は今日に至るまで変わっていない。

また、二〇一二年度の早稲田文芸・ジャーナリズム学会の機関誌で筆者が前年のワークショップの内容を紹介しているので、一部を引用したい[9]。

＊

ベルリン在住の作家多和田葉子とジャズピアニストで作曲家の高瀬アキは、十二年前から一緒に朗読コンサートを開いている。お互いに相手の創作活動に敬意を抱いていた両者があるきっかけで出会い、一緒に作品を創り始めた。多和田が先に作った詩に高瀬が後から曲をつける、という場合もあるが、そうした「作詞作曲」にとどまらず、パフォーマンスとしての朗読と演奏という意識の色濃い、実験的な舞台である。ここでは多和田と高瀬は「作者」であるだけでなく、パフォーマーでもある。二人はそれぞれの言葉と音をぶつけ合うことにより、そのときどきの化学変化のようなものが舞台上に生じてくることを楽しんでいる。

たとえば多和田は、言葉について、単語を発音したときの音にこだわったり、表記の際の漢字を入れ替えて遊んだり（パソコンの文字化けもエッセイのテーマにしたりしている）、シンタクスを移動させたり、句読点の使い方を作品ごとに変えたりなど、言葉を文字や音などの最小単位にまで分解しては組み換えて、新しい風景を読者の前に出現させていた。『文字移植』で注目されたページ内の０という文字の話や、『ボルドーの義兄』日本語版で実行された、章ごとの見出しに使われている漢字を鏡文字にして印刷させるアイデアなどが思い浮かぶ。また多和田は、一九八七年にドイツで作家デビューして以来、各地で朗読会を行ってきた。これは、ドイツ語圏で作家の自作朗読が非常に盛んである、という事情にもよる。若くてデビューしたての作家であっても（それどころかデビュー前の作家であっても）、朗読会には結構聴衆が集まる。多和田はこうした単独の朗読会でも、ドイツ語と日本語を混ぜて朗読するなどして、聴衆を驚かせたり笑わせたりするのが常であった。一方の高瀬も、以前から演奏に関してさまざまな実験を行っており、ピアノの弦を直接指で弾いたり、ピンポン球を弦の上に投げ込んでその上下動を——つまり、打鍵がボールの跳躍に変わるさまを——聴衆に見せたりしていた。

（中略）

二〇一一年十一月二十一日には、小野講堂のピアノを使い、百二十名ほどの観客の前で、さらに本格的な音と言葉をめぐるワークショップを行った。以下、そのプログラムに従ってワークショップの紹介を行いたい。

一　かける

一九九八年に新書館から出版された『きつね月』所収のテクスト「かける」を連想させる

テクストを用い、二人一組になって朗読を行う。その際、一方が「かけ」の部分だけを発音。このテクストは「かける」という動詞尽くしで、「書ける」「駆ける」「欠ける」「架ける」「掛ける」「懸ける」など、さまざまな意味の「かける」を駆使したものであった。頻出する「かけ」という言葉だけをもう一方が言うことで、不思議な間ができたりリズムがずれたりする。「かけ」が強調され、テクストに別の意味が生まれてくる。しかもドイツ語のKackeは排泄物の意であることについての、多和田の説明がある。朗読は、自発的に舞台に上がってくれた十人の学生が行った。

二　月の逃走

多和田の初期の詩集に収められた「月の逃走」という詩を、留学生や留学経験者が翻訳し、朗読する試み。

（中略）

これらの言語（筆者注　中国語、韓国語、デンマーク語、イタリア語など）に訳された詩の朗読、言葉のリズムに合わせて高瀬が即興でピアノ伴奏をつけていったが、それぞれの言語によって韓国語では低音を効かせた不協和音、中国語ではリズミカルに跳躍する音、デンマーク語と英語では力強いスタッカート、イタリア語では弦を直接弾く乾いた音など、大胆に変化をつけたアンサンブルが成立して興味深かった。さらに、それぞれの言語を混ぜて朗読するパフォーマンスが行われ、中国語で二回読むあいだにデンマーク語で一回読んだり、多和田による日本語の朗読も含む六つの言語で同時に読みながら会場を一周するなど、単に文字を音に置き換え、言語を変えるだけではないさまざまな試みが行われた。多和田自身、「氷菓子（ジェラート）」という詩でドイツ語と日本語をスイッチさせながら朗読したり、ドイツ語で始まって日本語で終わる詩を書いていたりする。また、多和田の戯曲を長年にわたって上演している劇団「らせん舘」は、日本語とドイツ語の台詞が混在する戯曲『ティル』の上演をはじめ、その後の戯曲『サンチョ・パンサ』ではスペイン語や英語も介入させ、言語と人間の動きのあいだの「翻訳」にも取り組んでいる。「朗読」は日本でもブームになっているが、単一言語で美しく聞かせる、というだけのパフォーマンスではない、読者を驚かせ、ある意味で集中を強いる実験の数々が行われているのだ。

翻訳された詩の朗読に続き、多和田の詩集『傘の死体とわたしの妻』に触発されて詩を書き始めたという朱位昌併の自作の詩の朗読があった。これも、「月の逃走」に対する応答として書かれた作品である。

（中略）

朱位昌併の詩は記号の使い方に特徴があるが、今回の詩はまず記号の形で月が指し示されていることがわかる。舞台上の朗読では、垂直に腕を上げる仕草によってそれが暗示されていた。詩には「あなたとわたし」「卵」「鱗」など、多和田文学における重要なキーワードが散りばめられているが、他者のテクストと対峙しつつ閉じようとしない一つの静謐な空間を現出させており、拡がりを感じさせる。早稲田の在学生たちによる翻訳や自作詩の応答に対して、詩は成長してゆくものであり、作者の手を離れた後にこのように翻訳され、曲をつけられ、別の詩となって生まれ変わることをあらためて実感した、という多和田のコメントがあった。

三 魚説教

狂言の『魚説教』からインスピレーションを受けた多和田のテクストを、手を叩きながら朗読する。内容とは関係ないリズムをつけることでテクストとは違うもう一つの要素が立ち上がってくることを体感する試み。

テクストには「さけ・ます・さけ・ます・さんま」など、魚の名前がひらがなで並んでいてユーモラスだが、多和田はこの他に、日本が近代化の過程で軍国主義へと突入していったことを批判する「魚説教」という詩も書いている。

「魚説教」に加えて、「むなむなぐるしい」「くろふねがくるくる」「なみなみだぶつおだぶつ」「ひろびろのんびりびりでもいいい」などの手叩き朗読があった。

「である」「なり」「だ」といった断定の語尾を並べた勢いのあるテクストを、印をつけた部分の「だ」だけを他の人が読むというルールの下に朗読。高瀬アキの指揮の下、舞台と客席とのかけ合いを行った。

四　dadada

リズムと音を分解していくこうした朗読の試みのあとで、聴衆との質疑応答が行われた。

質問一　「月の逃走」は、意識して読んでみると七・五調になっている部分がある。そのことを意識したかどうか。

多和田↓七・五調は意識しないで作った。

高瀬↓日本語の詩は七・五調になりやすいといわれるが、七と五のあいだには実は一拍おかれている。

質問二　詩を朗読すると自然に感情が入ってしまうが、ひらがなだけの詩は意味が取りにくく、感情が入りにくい。そのことは意識していたか。

多和田↓ひらがなの方が意味から離れていく。自分独特の朗読方法から一度離れてみることが大切だ。

質問三　現在のような、感情からかけ離れた表現にどのように向かっていったのか。
多和田→自分が知っている感情から離れたときに、より幅広い感情の可能性に気づくことができる。

質問四　世の中の人にとってのわかりやすさや、外界との結びつきはお二人にとってどうなっているのか。
多和田・高瀬→いまはワークショップで特殊な状況でやっているが、社会的なものに背を向けているわけではない。明日のパフォーマンス公演の方もぜひ聞いてほしい。

四人目の質問者への答えにもあったように、翌日のパフォーマンスでは原発事故以降の多和田の懸念を直截に表現した「不死の島」も朗読され、ワークショップとはまた違った意味でインパクトの強い催しとなった。

＊

それでは、手許にある記録を頼りに、二〇一二年以降のワークショップの内容を簡単に紹介していこう。

二〇一二年

この年のパフォーマンスのタイトルは「虫の知らせ」。カフカの『変身』が下敷きになっていた。ワークショップでは、あらかじめ依頼した学生にまず「めいわく」「おさつ」という多和田の詩を朗読してもらった。その朗読に、即興の形で高瀬がピアノ演奏を合わせた。その学生の声質、声の大きさ、間などに応じてとっさに音楽をつける俊敏な反応は、聴いていて驚くべきものだった。多和田からは、単調な朗読ではなく、テンポに変化をつけて緊張感を出すことや、音楽にも耳を傾け、共通の空間を作り出すことについて、アドバイスが行われた。その後、学生たちが「虫になった気持ち」で書いてきた詩の朗読が行われた。

二〇一三年

多和田の戯曲『動物たちのバベル』発表を受けて、参加学生には自分たちで人類滅亡後の動物たちの会話の場面を作ってくることを依頼。電話での会話を想定して一人で演じた人もいたが、あとは二名ずつのペアが四組だった。高瀬のピアノのほか、早稲田大学オーケストラに所属するバイオリン奏者とオーボエ奏者も参加。リハーサルでモチーフとなるメロディーを複数パターン与えられ、高瀬の指揮で演奏に入った。朗読（会話）との合わせ方は即興だったが、音楽担当者が事前にかなり練習するという珍しい回だった。学生たちが用意した会話は、会話という設定のためもあって演劇的要素が強いものが多かった。舞台上でおにぎりを食べたり馬跳びをするなどのパフォーマンスを行ったペアもいた。

二〇一四年

この年のワークショップは「文学を音楽に翻訳する」というテーマで、音楽中心の回となった。参加者にはあらかじめ多和田の著作を読んで、自由に発想した音楽を作ってもらった。詩人の文月悠光は、音楽を流しながら多和田のテクストと自作の詩を朗読。プロのギタリストである塚本功も参加。パフォーマンスの方は「白拍子&黒拍子」と題し、平家物語を下敷きにしながら芸術に対する規制の問題を扱った。多和田がその後短編「彼岸」にまとめたヘイトスピーチ政治家「瀬出」の話もパフォーマンスで朗読された。

二〇一五年

パフォーマンスのテーマは「猫の手を借りた音楽」。ワークショップでは参加者に猫が登場するテクストを用意してもらい、朗読に即興で音楽がついた。ワークショップの冒頭では高瀬アキによる指導が入り、聴衆も一緒にメトロノームに合わせて手を叩いたり(弱音を強く叩く、三拍子にするなどの変化をつけた)、手を叩きながら二文字、三文字の単語を言っていくなどのレッスンを行った。さらに多和田が「みないでしょ、きないでしょ、かないでしょ、となないでしょ」というフレーズをくりかえすあいだに他の人が別のフレーズや早口言葉を言ったり、多和田と高瀬が「にゃんころ節」を一緒に歌う場面もあった。

用意された猫テクストの朗読にはいろいろと注文がついた。どんどんスピードを変えながら読んだり、最後から読むなど、朗読者に緊張を強いるものもあった。この回に、山岡ミヤが自作のテクストで参加。

二〇一六年

パフォーマンスのテーマは「北斎さいさい」。ワークショップ参加者には、北斎の絵を一枚選んで、それについてのテクストを書いてきてもらった。画像を背景に映しながらの朗読に、ピアノやパーカッションを合わせた。

二〇一七年

パフォーマンスのテーマは「世界の終わり」。一九三〇年に自殺したソ連の作家マヤコフスキーの『ミステリア・ブッフ』などからの引用を散りばめながら、地球温暖化と放射能汚染によって北極以外は居住不能となった未来の地球を描いてみせる、スケールの大きな舞台だった。多和田一流の言葉遊びも随所で精彩を放っていた。ワークショップでも「世界の終わり」について、三分以内で読めるテクストを書いてきてもらった。結果として詩あり、短編小説ありで、これらのテクストを素読みしてもらったあと、多和田や高瀬の注文に応じて読み方を変えてもらった。たとえば二人で別々の詩を同時に読んでもらったり、短編小説の朗読者に段ボールをかぶってもらったり（ロボットのような外見になって効果抜群だった）。このワークショップで読まれたテクストは二〇一七年度の文芸・ジャーナリズム学会機関誌『早稲田現代文芸研究』に掲載されている。[10]

二〇一八年

パフォーマンスのテーマは「四分三十三秒」。ジョン・ケージの作品を下敷きに、沈黙やハプニングの意味について考察する回となった。ワークショップでも沈黙もしくは偶然をテーマにしたテクストを書いてもらい、朗読をピアノもしくはパーカッションと合わせた。ジョン・ケージがキノコの研究をしていたことを踏まえたテクストも複数発表された。この年には、院生やOBのリピーター参加が多かった。音楽ではフルート、トランペット、パーカッションが参加してくれたため、高瀬のピアノと合わせて多彩な組み合わせが可能となった。

二〇一九年

パフォーマンスのタイトルは「奇怪仕掛けのハムレット」。シェイクスピアの『ハムレット』を脱構築したハイナー・ミュラーの『ハムレットマシーン』をさらに脱構築する試み。

ワークショップでも『ハムレット』『ハムレットマシーン』を読んできてもらい、現代のハムレット、もしくはオフィーリアになったつもりでセリフを書いてきてもらった。参加学生は文芸・ジャーナリズム論系で詩の創作を教えている伊藤比呂美の演習から四名、多元文化論系のJCulp（英語による国際日本学コース）由尾瞳ゼミの学生が二名、さらに筆者のドイツ語や大学院の授業から二名。二時間のリハーサルのあいだに音楽担当者とセッションの打ち合わせをし、朗読とピアノ演奏、もしくはサックスの演奏を合わせる形で発表を行った。音楽なしで演劇的なパフォーマンスをした者も一名。この年はプレゼンテーションのレベルが高く、多和田や高瀬の注文で直される部分が少なかった。セリフとして書いてきてもらったので、演劇的要素の濃い朗読となったが、多和田は例年のごとく、「演じる」ことよりもそれが「朗読」であることを強調し、あくまでテクストがそこにあることを忘れないように、とアドバイスしていた。多くの学生にとって、自作のテクストを人前で朗読すること、まして音楽と即興的に合わせるのは初めての試みであった。サックスのパフォーマンスもリハーサルでの注文を受けて飛躍的に上がり、印象的な舞台が現出していた。

※　※　※

こうして十年間の軌跡をあらためて振り返ると、多和田と高瀬が目指しているパフォーマンスは、言葉と音が互いに自立しつつ、相手を尊重しながら一つの空間を満たしていくもの

fig. 11
多和田葉子&高瀬アキワークショップの折に
左端から多和田、筆者、高瀬［2019年11月15日］

であることがわかる。音はけっして「伴奏」ではない。音との掛け合いによって、朗読のなかにさらに新しいリズム、速度が生まれていく。と同時に、舞台上では朗読者と演奏者の「身体」が圧倒的存在感を醸し出す。雑音やずれも含め、そこにあるすべてを積極的に楽しむという姿勢が徹底している。

二〇一九年のワークショップ、アフタートークの際の観客の質問に対する多和田の答えは興味深いものだった。朗読コンサートを始めたきっかけについて訊かれると、「自分の大学時代の友人にはフリージャズに関心のある人がいて、フリージャズでは詩の朗読に即興で音楽をつけることが普通に行われていた。またドイツでも、一九七〇年代にはギュンター・グラスなどが、朗読と音楽を組み合わせたパフォーマンスを行っていた」と答え（ここで高瀬が、日本でも吉増剛造や白石かずこの朗読があったことを指摘）、ドイツでは、朗読を聞かせるためのラジオ番組もあり、多和田と高瀬が初めてセッションしたのもこの番組だったと明かした。

また、テクストへの音楽のつけ方について尋ねられ、高瀬は「テーマを決めたあとに自分なりの音楽は作っていくが、メールで送られたテクストを読むのと、実際に集まって音読

を聞くのとはまったく別の体験で、自ずと音楽が変化していく」と述べた。多和田は「朗読の際、ピアノを聴きながらもそれに追随するのではなく、いい意味で無視できるようになった」と、パフォーマンスにおいて互いの独立を尊重しながら、よい関係や間を保ちつつセッションできるようになったと語った。さらに、「音楽を聴くと自分のテクストの意味が変わってくるか?」との問いに対しては、「読むときは、日本語を知らない人のような気持ちで読むことができるようになってきた。ドイツでやる場合は同じテクストをドイツ語に翻訳したりするが、そうするとまったく違う音楽がついてきたりするので驚く」と語った。

今回、過去の記録映像をあらためて見直すことができた。リハーサルも含め一日五時間、一回限りの短いワークショップではあるが、舞台に立った学生にとっては、確実に何かが変わるきっかけになっていると思う。『飛魂』の語り手のように自分の声が飛ぶのが見えるところまではいかなくても、まったく新しい音読への挑戦になっていることは間違いない。この貴重な学びと出会いの試みを、これからも続けていきたい。

注

(1)「ユリイカ」多和田葉子特集、青土社、二〇〇四年十二月、二六三頁。

（2）ソン・ヘジョン「多和田葉子の詩論から「声」まで」。現代文芸論研究室論集「れにくさ」第六号、東京大学大学院人文社会系研究科・文学部現代文芸論研究室編、二〇一五年、三六九－三七八頁。このあとの引用は三六九頁から。
（3）同じく「れにくさ」第六号、三七九頁。
（4）同じく「れにくさ」第六号、三八七頁。
（5）多和田が私淑するオーストリアの詩人エルンスト・ヤンドルも行っていた「表面翻訳」は、たとえばドイツ語の単語を連ねて、それを発音したときに日本語のように聞こえるテクストを作ったりすること。ドイツ語の単語 schonen が日本語では「少年」と聞こえたりする。
（6）Yoko Tawada *Verwandlungen.* Konkursbuchverlag, テュービンゲン、一九九八、七頁。
（7）同じく *Verwandlungen* より、二二頁。
（8）多和田葉子『飛魂』、講談社、一九九八。
（9）「早稲田現代文芸研究」第三号、早稲田文芸・ジャーナリズム学会編集発行、二〇一三年三月、一四－三五頁。
（10）「早稲田現代文芸研究」第八号、早稲田文芸・ジャーナリズム学会編集発行、二〇一八年三月、一一三－三一頁。

参考文献

多和田葉子『飛魂』、講談社、一九九八
Yoko Tawada *Verwandlungen.* Konkursbuchverlag, テュービンゲン、一九九八
「ユリイカ」多和田葉子特集、青土社、二〇〇四年十二月
「れにくさ」第六号、東京大学大学院人文社会系研究科・文学部現代文芸論研究室編、二〇一五年
「早稲田現代文芸研究」第三号、早稲田文芸・ジャーナリズム学会編集発行、二〇一三年三月
「早稲田現代文芸研究」第八号、早稲田文芸・ジャーナリズム学会編集発行、二〇一八年三月

第III部

多和田戯曲の
翻訳と舞台化への模索

東西神話の混交

オルフォイスあるいはイザナギ
黄泉の国からの帰還

多和田葉子　作
小松原由理　訳

登場人物

波（女）
イナーケ
オーギ
漁師1
漁師2
花1
花2
花3
数4（女）
数9（男）

波

1

私は波、あなたの息から生まれました。空気の中、水の中に、たくさん存在する波の一つ。そのうちのどの波が私なのか、自分でもはっきりしません。私たちは波——そう言うべきなのかもしれません。私たち…変な言葉。私たちは波、私たちは水、私たちは空気、そして息？ 息がどんなものかは知ってるでしょう？どうやって吸い込み、吐き出すかなんて深く考えることはありません。空気は自分から身体に入り、速やかに出ていく。まるで波のように。来ては行く。来て、行く。来ること、行くこと。到来、退出。私はその波。物語の終わりのない繰り返し。変化も逸脱も終焉もないのです。

さて、オーギの話をしましょうか。オルフォイスとイザナギの忘れられた孫たちのお話。彼の祖母のことも母のことも、言い伝えには存在しません。オルフォイスの子とイザナギの子が、いつやらどこかで結ばれました。生まれた子供がオーギ。そのような混血はシルクロード上でしか起こり得ない。そう日本へ伝承したギリシア文化の影響を語る学者もいましたが、オーギの生い立ちを語る唯一の言い伝えでは、彼は太平洋に浮かぶ小さな島に暮らしていたそうです。オイリュディケとイザナミの孫、オーギの妻イナーケも、この島に暮らしていました。

漁師1　もう聞いたか？

漁師2　なんかあったか？

漁師1　まだ聞いてねえ？

漁師2　この退屈な魚の取れない不漁の月に、なーに楽しい話でもあるよ？

漁師1　ああ。魚じゃないけどよ。子供が海に一つ、それから山にもう一つ。

漁師2　ええ？

漁師1　オーギの妻イナーケが子供を二人産んだんだわ。

漁師2　双子ってか？

漁師1　いやいや。二人の子はちょっと間をあけて生まれたんだわ。赤ん坊が母親のお腹から出てくるのに九か月もかからなかったってよ。知っての通り、オーギとイナーケは本当の人間ではないからな。

漁師2　オーギはハーフの神だっていうしな。

漁師1　それはどうかな。四分の一じゃねえか。

漁師2　イナーケも。クォーターの女神ってか。

漁師1　それはどうかな。八分の一の女神じゃねえか。

漁師2　そんなことは、どうでもいいって。やつらは神々で、俺たちゃ、ただの貧乏な漁師ってことさ。でも神と漁師の違いってやつは何だよ？　神が女をモノにしたいときは、その気にさせるにはすごく頑張らなければならねえし、うまくいくかはわからねえ。オーギは何度も失敗してるだろ。

漁師1 それにお産も俺たちよりゃ大変だ。イナーケとオーギの最初の子供は目が三つ。だからオーギは海に投げ捨てたんだろ。なんでかっていうとよ。三つ目の目に映るのは、人類の悲惨さってわけよ。オーギは将来わが子から自分の政治を批判されたくはなかったんだわ。自分の子供はいつだって一番危険な革命家だって統治者の助言書には書かれているしな。

漁師2 二番目の子供はどうなったよ?

漁師1 二番目の子は口が二つ。顔の前と後ろによ。だからオーギは山に捨てちまった。口を二つ持つ子は、父親が聞きたいと思うことを言ってはくれねえからな。

漁師2 前の口が父親と話をし、後ろの口が民衆に、つまり俺たち漁師に話をするっていうのは……

漁師1 いや、そううまくはいかねえよ。一つ目の口が黙れば、二つ目の口も同じように黙る。どんな神が永遠の沈黙に耐えられるかって。ましてや二重だぞ。賛美歌中毒の神様の耳は、賛美の言葉が聞きたくて仕方ないのによ。

漁師2 どっちにしてもオーギのために歌う時間のある歌い手なんていないぜ。大抵の歌い手にはもっとたくさんの聴衆がいる。オーギは賛美歌を自分で作って歌うために、音楽を学ぶべきだったんだわ。

漁師1 本当にな。彼のためにだけ歌う専属歌手はもういやしないね。でもまだオーギを称える人はたくさんいるぜ。その美しさ、勇敢さ、行動力。沈黙する子供じゃ、彼は不安なんだろうよ。

漁師2 オーギは難題を抱えているしな。それをまだ絶望していないのは、ほとんど奇跡だな。

漁師1 自分の人生をましにするために、彼もそろそろ何か手を打つだろうよ。ま、父親になれれば、そもそも楽なんだろうけどよ。一体なんでイナーケの最初の子供たちはみな役立たずなんだろな。何を間違えたんだか。

漁師2 思い出したよ。イナーケはオーギを夜、散歩に連れ出したんだわ。オーギが暗闇恐怖症だってことは誰もが知っていることでさ。俺は自分の目で見たんだ。二人が海沿いを散歩するのを。イナーケは繰り返し「いいわ・ヤー」といい、オーギはその度「だめだ・ナイン」と答えてたわ。二人が灯台の前に立ったとき、イナーケはオーギを海の中へと押し倒し、自分もその後を追いかけた。次の日、イナーケは妊娠してたわ。あのとき、もう、これはうまくはいかないって俺は妻に話したんだぜ。ああいう女のやり方じゃあ、役に立つ子は生まれねーわ。

漁師1 そんじゃ二番目の子はどうやって生まれたんだ？

漁師2　二番目の子のときも、イナーケがまたオーギを夜の散歩に連れ出したんだわ。二人が灯台の前に立ったとき、イナーケは夫の手を摑《つか》もうとした。夫はすかさず身を引いて、「だめだ・ナイン」と言った。妻は彼ににじり寄って「いいわ・ヤー」と言った。夫はもう一歩引きさがって「だめだ・ナイン」と返した。「いいわ・ヤー」「ナイン」「ヤー」「ナイン」「ヤー」「ナイン」「ヤー」「ナイン」。そうして二人は灯台の周りを回り始めた。その回転はますます早くなり、一輪の光のように見えたわ。で、次の日イナーケは妊娠してたんだわ。

漁師1　三番目の子供の時には、二人は全部ちゃんとしたってわけだ。

漁師2　どうちゃんと?

漁師1　今回は夫の方が妻を虎の穴に送った。虎が彼女を食べようとしたとき、夫がやってきて、虎を神聖なる剣で刺したってわけ。虎の肉体から噴き出した血は、妻の腹部にかかったんさ。で、次の日、彼女は妊娠してたってわけ。

陽気な音。何の音なのかはすぐにはわからない。葉のざわめきと工場の騒音が混ざったような音に加えて、鳥のさえずり、そこに断片的に人間の音楽が聞こえてくる。

花1　私の花が赤く咲く。ある女のお腹が赤く開く。

花2　空に穴が開く。それを私たちは太陽と呼ぶ。太陽は赤い？　美しい？　目が潰れてしまうから誰も彼女を直接みちゃいけない。

花3　私たち花は、見られるために赤い、太陽は見られないために、赤い。

花1　シキタリのカタマリがモリモリにタンジョウ。男たちの間には父親になると花畑に別れを告げるという古いシキタリがあるの。見て！　オーギよ！　私たちに別れを告げるために来たんだわ！

花2　オーギ、オーギ、畑から、虫たちから、私たち花々から去って。オーギ、乾いて私たちのところにやってきて、しっとり潤って家へと帰ったものね。涙って何か知ってる？　うっかり人間の目に浮かんだ朝露のことよ。

花3　オーギ、私たちのことを忘れないように、私たちで、血のように赤い花輪をイナーケの髪のために作って。

花1　私たちに愛の歌を歌って。喜びが何かをもう知っているんでしょ。あなたが私たちの花の色から学んだことよ。その色があなたの頭に入ってしまってから、私たちは色あせてしまった。その慰みに、あなたの歌を聞きたい。

花2　嫉妬が何かももう知ってるんでしょ。私たちの茎の苦い液からあなたが学んだことよ。私たちはあなたの液体を口にしたことはないのに、あなたはわたしたちのは口にした。その代りにあなたの詩をちょうだい。供物もなく去るなんてやめて。

花3　どうして黙ってるの？

オーギ　悲しみは喜びだ。明日三番目の子が、とうとう私のちゃんとした子が、私の唯一の役に立つ子ができるのはとても嬉しい。でも喜びは棘で囲まれたウニのように感じられる。なぜに喜びはこんなにも悲しい？　なぜ明るい太陽はこんなにも暗く輝く？　なぜに私は恋しいイナーケを憎む？　君たちから多くのことを学んでから、何もわからなくなった。君たちは私の人生に、ほどくことのできない大きな結び目をつくってしまった。

花1　悲しい喜び！

花2　暗い明かり！

花3　恋人を殺せ！

花1　あなたは悲しくはない、オーギ。あなたが悲しいなんてあり得ない。悲しいのは私たち花の方。あなたの心は私たちの気持ちを映しているだけ。

オーギ　そんなはずはない。ここで話しているのは私だけだ。

花1　私たちが話をしているのがもう聞こえないの？

オーギ　ずっと花が私に助言をしてくれているんだと思っていた。でも花は喋らないのだから、本当は自分の心の声を聞いてるだけだったんだ。

花2　オーギ、私たちが喋れないと思っているの？　オーギは人間と同じくらい愚かになったのね。
オーギ　黙れ、私の心の声！
花3　私はあなたの心の声じゃない。あなたの中には臓器があるだけで、声はない。
オーギ　もうたくさんの声からの影響は受けないんだ。じゃないと、決断できない。
花1　オーギ、聞いて。
オーギ　私が悲しいから、花は悲しそうに見えるのだ。
花2　なんでそんなこと言えるの！　変わったわね、オーギ。あなたじゃない。私たち花が悲しいのよ。私たちは悲しそうに見えることはない。
オーギ　私は花のように悲しい。
花3　「花のよう」なものなんてない。私たち花だけが「花のよう」なのよ。私たちからメタファーをつくるつもり？　そんなことに私たちが何をつぎ込んだかしら？
オーギ　いいね！　なんで今までそこに気づかなかった？　花のよう！　そう言えば、心は軽くなる。強い花たちの力から解放される！　魔女のような、継母のような、大蛇のような！　私を食べ尽くそうとしていたんだ！　今日から私は君たちを魔女草、継母草、大蛇草と呼ぼう。そうすればもう害はない。花のようにね。そう私が口にすれば、まるで花がただの言葉にすぎないように思えてくる。イナーケが来た！　イナーケ！　イナーケ！　君は花のようだ！

イナーケ　なんておかしな文章なの？　私は花のようじゃない。私はイナーケ。ただ花だけが花のようなの。

オーギ　君は花のように美しい。

イナーケ　つまりあなたは花を美しいと思っているということね。私がどうなの？

オーギ　君が花のようだ、と言ったのだ。

イナーケ　花は狡猾で有毒よ。

オーギ　花に何か恨みでもあるのか。

イナーケ　花はその色と香りで誘惑するのよ。

オーギ　君はそうはしないっていうのか？

イナーケ　私は色と香りでは誘惑しない。色って何？　肉体のない光の戯れよ。香りって何？　肉体のない空気の戯れ。私は花を信用しない。もしあなたが花たちと一緒にいたいなら、花畑に戻ってそこで眠ったらいい。

オーギ　植物たちにやたら厳しいね。この世界で一体誰が本当の肉体など持ち得る？　鳥か？　分厚い羽の奥に本当の肉体があるかなんて誰もわかりはしないね。魚か？　魚の肉体を肉とは呼ばないのだ。誰がそうなると肉体を持っているっていうんだ？

イナーケ　例えば蛇は花みたいに色や香りで化粧はしてないけど、本当の肉体を持ってる。身に着けているのは自分の肉体だけよ。

オーギ　蛇の話はやめろ。蛇なんて、ヘビーな腹ぼて女の邪道な静寂だ。

イナーケ　蛇に何か恨みでも？

オーギ　蛇は売春婦だ。這いつくばる者のなかでも最も下劣だ。蛆の方がましだ。蛆は人をそそのかさないから。どこに行く？　私を連れていけ！

イナーケ　一緒には行けない。蛇のところに行くんだから。別の道を行きなさい。花畑へと続く道を。

2

漁師1　もう聞いたっけ？

漁師2　今度はなんだよ？

漁師1　イナーケが死んだってよ。蛇の穴で。

漁師2　まさか。蛇はイナーケにはいつも優しかったはずだろ。イナーケは毎日蛇のところに通って、身体中どこにも這いずらせていたからよ。お腹、両肩、両脚……。

漁師2　それで、蛇がイナーケの急所に噛みついたのかよ？

漁師1　いや。蛇はイナーケを愛してた。彼女を噛むことは一度もなかったわ。だから蛇はなんでもイナーケとできたってわけ。昨晩イナーケは蛇穴で眠ったのよ。そんで蛇は彼女の両脚の間で眠ったわけ。

漁師2　両脚の間。

漁師1　そこにオーギが来た。イナーケを迎えに。で、目にした。

漁師2　オーギが目にしたってのは……

漁師1　オーギは震える右手で、二つに先端が分かれた刃を持つ神々の剣を摑んで……

漁師2　二つに先端が分かれた刃を摑んで、そんで……

走るオーギの足音と息の音、そこに葉のざわめく音と女たちの小さなささやき声が混ざり合う。

花1　オーギ、オーギ、何をしたの？　あなたの手は私たち花よりも赤い。

花2　怪我してるの？　何をしたの？　血の匂いがする。あなたの妻を呼んでこなくちゃ。彼女はどこ？

花3　あなたの妻イナーケはどこ？　超人的能力を持つ子を産んだあなたの妻は？　彼

女はもうすぐ三番目の子供を、さらに次の子供たちを生むでしょう。三つ目の子供たち、そして口二つの子供たちを。私たちはその子供たちを必要としているの。だからあなたはイナーケを血生臭い話で煩わせないで。彼女、きっと心配している。彼女はどこ?

波

イナーケと蛇は生まれた時からの仲。いつも一緒に遊んでいました。蛇はイナーケの輝く乳歯を見ました。イナーケの初経を見ました。彼女のお腹を中から見ました。

蛇はイナーケと寝るのが好きでした。オーギはこの日初めて二人が寝ている姿を目にしました。ひょっとしたら蛇のその姿勢がオーギに、彼を驚愕させる何かを思い起こさせたのかもしれません。あるいは、彼は蛇への恐怖と、彼がまさに花たちから学んだ感情、すなわち嫉妬を取り違えたのかもしれません。彼は右手に剣を持ち、イナーケの心臓を突き刺しました。そして走り去りました。なぜ蛇ではなく妻を殺したのか、自分でも理解できないままに。花たちのところへ走ると、もはや自分の行動を報告するための声がでないことに気づきました。彼は黙りました。花たちは質問を繰り返しましたが、彼から何の答えもないことに驚きました。そんなことは今まで一度もありませんでした。花たちはほんのわずかでも話をしてくれるようにと頼みました。それでもなお静寂を守り続けるオーギは、花たちの目には感謝の心がない不遜な態度に映りました。花たちはもはや彼とは話をしないと決めました。オーギが蛇の穴に戻ると、そこにはもう、すでに死んだ妻の身体はありませんでした。その体は黄泉の国へと向かっていたのです。

3

オーギ 彼女の後を追いかける決心をしたら、ようやく声が戻ってきた。黄泉の国へ行こう。黄泉の国は人が思うほど遠くはないらしいけれど、そこへの道はとても悪く、境界地域は秩序無い未開の地だそうだ。あまりに混沌としていて、良い敵と悪い味方をも見分けられないほどだと言う。太陽はさかさまに照りつけ、川の水は渦を巻く。鳥たちがその根を大地に叩きつけようとも、木々は吹き飛んでいく。でも、今さら何を恐れよう。目的がある。そこに集中しよう。道の途中でイナーケを見つけ、家に連れ帰る。仮にイナーケがすでに黄泉の国に入ってしまっていたとしても、門番に行方を尋ね、黄泉の国へと旅し、彼女を捉えるのだ。

数4 二足歩行者同士が出会えば、そこには手が四本。月と太陽が一緒に一枚の鏡を覗けば、光源は四つ。待って！　誰なの？

オーギ　妻イナーケを運命によって失ったオーギだ。

数4　それでどこに行こうとしているの？

オーギ　妻イナーケを探している。お前が、黄泉の国の門を守っているという有名な門番か？　ここが入口？

数4　黄泉の国に入口はないの。誰もがいつでも入り出ることができるわ。生者のところにきた死者を見たことがないの？

オーギ　いや、それならよく目にした。でも入口もなければちゃんとした門番も税関もないなんて、あんまりにも寛大すぎじゃないか。気に入らない。私の領分であれば、ここにもっと厳しい規則を設けた。ちゃんとした門番じゃないなら、お前は誰だ？　旅行者一人一人を厳しく観察する強大な門番の話ならよく聞いたことがあったんだが。一本足で立ち、その腹は大きく三角だとか。つまりお前じゃないのか。もしお前がちゃんとした門番でないなら、このわびしい場所で一体何をしている。

数4　私は四の数。死の数。私は私の数を、次に死ぬことになる生き物の命のなかに発見する。

オーギ　お前が妻に死の数をもたらしたのか。

数4　私が彼女に数をもたらしたのではなく、彼女の中に数を発見したのよ。数はすでにそこにいた、私が意図したのではないわ。数がどう意図など持てるというの。あなたの妻はいわゆる四角関係にあった。人間の本能でもある三角関係ならまだしも、四角関係にある女は生きてはいけない。

オーギ　四角関係の四とは誰のことだ。

数4　蛇、イナーケ、花たち、そしてあなた。

オーギ　くだらない！　私は妻を愛しているオーギ、私たちと動物たちの間に何の関係もないことは明らか！　ましてや植物となど！　花たちと私がしていることなど、数には入らん。

数4　数は数の数を数える。数えないものなどない。

オーギ　何が数えるのだ。

数4　数よ。

オーギ　その数はどうする。

数4　その数は数えるの。

オーギ　私と花たちの間に、隠さねばならぬようないかがわしい関係など何もなかった。その舌にふれたこともないし、花たちは舌など持ってはいなかったし。唇にも触れていない。花たちが唇など持っているかすら知らない。花たちとは全く何もなかった。でもイナーケは蛇と何かあったかもしれない。公には認めるつもりはないが、イナーケは何かをやってしまったんだ。イナーケは何かを蛇から手にした。私の知らない何かを。女たちの身体に喜びを与えるような何かだったに違いない。蛇については何も知りたくない。一体蛇なんて醜い生き物が存在できるのはなんでなんだ。醜い蛇は醜い卵を産み、飽くことなく増殖する。まるで義務のように。でもイナーケはそうではなく美しい子供を産む。私の子供はどこだ。私の初めてのちゃんとした子供。生まれてこなければならない子供。イナーケのお腹で死んだのか？　いやまだ生きているかもしれない。死んだ母親の身体から一刻も早く取り出さなければ。なぜイナーケは一緒に連れていってしまったんだ？　私のところに置いておかねばならなかったのに。子供は同時にこちらとあちらにはいられない。子供は生きている父親より死んだ母親の元にいるべきとでも？

数9

待て、若者よ、あるいは若神よ。どこに行く？

オーギ

死んだ妻イナーケを探している途中だ。彼女を見つけ家に連れ帰るんだ。私がいない間に死んでしまった。彼女と必ず話をしなければ。お前は誰だ。お前は黄泉の国の二番目の入口にいるという有名な門番か？　大きな丸い頭を持つという？

数9

俺は数字の九。苦しみの数。俺は、黄泉の国に行く人が横断しなければならない境界域にいるが、何も見張ってはいない。そうしたいと思う者は誰でもそちらへ行き、また戻って来てよい。

オーギ　それはいかにも寛大だ。しかし、それが良いことなのかはわからない。寛大さは政治では美徳ではない。

数9　俺はここに管理するためにではなく、示すためにいるのだ。

オーギ　それならば、私の妻のところに行くための正しい道を示してくれ。

数9　ここで彼女を待つのだ。お前の妻イナーケが、お前に先に行ってはだめだというように俺に頼んだんだ。彼女がここに来るまで、お前はここで待つんだ。

オーギ　それはご親切に、でも、私は自らの足で行くことができる。待つことは不得意で。

数9　それでもここで待つのだ。一歩も先に行ってはだめだ。そうでなければ、もう二度と妻を家に連れ帰ることはできない。一歩進むごとに暗くなる。今一人で先に進むなら、間もなく道も、自分自身も見失うだろう。

オーギ　道は見つけなくても良い。目的が道を自ずと知っているからね。自分自身を見る必要もない。行動するとき、自分自身はいつも共にあるのだから。

数9　それは間違いだ。自分自身の光源なしには、ここでは一歩たりとも進めはしない。

オーギ　光源など持ってはいない。太陽ではないのだから。太陽以外に誰が自分の光源を持っている？　月でさえも持ったことがないのに。

数9　もし鏡を持っていれば、月の光源を取り込むこともできるだろうが。道と自分自身を見つけるための。

オーギ 鏡を持つのは沼だけだ。神は持たない。まだ完全な暗闇じゃないから、道はまだ見える。急げば、イナーケを見つけることができるだろう。

数9 まさにそれをイナーケがだめだと言っている。もしお前がここにきて、自分のことを尋ねたら、完全な真っ暗闇になるまで待たせておくようにと。それから俺がイナーケにお前がきたことを伝えたらこちらに来ると言っている。彼女を見つけようとしてはならない。イナーケはお前に見られたくないんだ。

オーギ 一体なぜ嫌なんだ？　彼女の見た目ならはっきりと知っている。目を閉じてもその姿を見ることができる。なぜ目を開け、明るいところで彼女を見てはならない？

数9 昔とは異なる美学に適応しなければいけなかったので、彼女の見た目は今変わってる。

オーギ どの美学だ？

数9 死肉の美学だ。

オーギ どうだってよい。イナーケの気持ちが変わることはない。たとえその見た目がすっかり変わろうとも。

数9 イナーケに連れてこないようにと頼まれたのだ。とにかく待つのだ。

オーギ　待つのは好きではない。待つのは苦しみだ。

数9　苦しむのは都合がいい。俺は数字の九。苦しみの数。俺の役目は、生者に苦しみを与えること。

オーギ　苦しみなど、目的に比べれば大したことはない。

数9　お前の妻が穴に寝ていたのを思い出せ。その股座《またぐら》に蛇が寝そべり、その肌をペロペロと舐めていたことを。

オーギ　恐ろしい運命だ。

数9　イナーケが何といったか思い出せ。蛇と別れなければならないぐらいなら、お前にはもう会わないと。

オーギ　気が触れたのだ。

数9　どう彼女の心臓を突き刺し、その血が噴き出したか思い出せ。

オーギ　悲しい運命だ。運命が、私の意志に反し、行動させた。運命は強大だ。でも、再びすべてを取り戻すことができる。死者を再び家に連れ戻し、傷口を再び縫い合わせればいい。もう悲しい出来事の連続を思い出させるのは終わりにして、先に行かせるのだ。

数9　傷口のようにお前の腹でぱっくり開いた憎しみは、もはや縫い合わせることはできない。お前の憎しみが、イナーケを殺した。

オーギ　剣がイナーケに当たったんだ。恐ろしい運命だ。

数9　憎しみが殺しをもたらし、殺しが憎しみをもたらす。

オーギ　もう起こったことは、何も思い起こさせるな。先に行かせるんだ。私の足はどこだ？　私がいるのは夢なのか？　もう自分の足が見えない。暗闇の影が私の足を食べたのか？　どうやって前に進めばいい？　足を返せ。

数9　行くな。待てと言っただろ。

オーギ　どのくらい待てばいい？

数9　影がだんだんとお前の身体に忍び込む。もうすぐ腹が消える。

オーギ　そしたら行けるのか。

数9　違う。待つんだ。影はどんどんとお前の身体をよじのぼっていく。間もなく胸が消える。

オーギ　それで一体どのくらい待てばよいのか。

数9　影はお前の腕も飲み込むだろう。暗闇がすべてを覆い尽くすころにはお前の頭も見えなくなる。そうしたらイナーケを連れてこよう。彼女に頼まれたように。

オーギ　そうなるまで一体何で暇をつぶせばいい？　何もすることがなければ、眠り込み、夢の中に迷い込んでしまう。夢の中では、目的がよく見えなくなってしまう。

数9　時計がある。「待ち」の時計。九つの針で、私に時刻を教えてくれる。一時間進むごとに、針を一つお前の肉体に突き刺してやる。肉深く骨まで。そうすれば眠ることはない。起きたままでいられる。

最初の針をオーギに打ち込む。

オーギ　叫び

数9　苦しむ者を見るのは素晴らしい。あと八回も肉体に針を突き刺す喜びを味わえる。

オーギ　お願いだ。痛みには慣れてない。時間の経過を他の方法で見せてくれないか。歌で起こしていてはくれないか？　音楽も時間を教えてくれる。音楽の方が、刺し芸よりはたしなみがある。

数9　突き刺す針、それは俺様の音楽。

二本目の針をオーギに打ち込む。

オーギ　叫び

数9　苦しむ者にお願いされるのは、なんて素晴らしいこと。熱心な願いほど、俺の心は冷めていく。あと七回もお前を苦しめる喜びが味わえる。叫び。何をしてる？

剣で数をバラバラにするのは禁止されている。聞こえてないのか。数は剣ではなく割り算でしか割ってはいけない。九÷三＝三。聞いてないのか。俺の弱点を漏らしたのだ。何で聞いていない。何だ一体、待て！　ノー！（Nein）！　ナイン（Neun）！　ナイン！　ノイン！　ナイン！　ノイン！

オーギ　刃先が二つに割れた神々の剣を知らぬのか。先端は二つ、私を邪魔する者はすべて二つにぶった切る。

数9　でも、俺を二で割ることはできない。計算を知らないのか？　俺は数字の九。三でしか割れない。暴力では俺を二つに砕くことはできない。数は暴力を知らない。

オーギ　じゃあ、消えろ。

数9　数は消えることはない。助けようとしていたのに。もう遅い。己の暴力を悔やむのだな。

オーギ　剣が、月の残した光の痕跡を捉えている。この光がイナーケを見つける助けとなる。この光は、この深い闇の中では、砂漠に落ちる涙一滴のようだ。ひょっとしたらそれは光ではなく、声だったのかもしれない。昼と夜を明るく保つような。私の声が聞こえるか、イナーケ？　イナーケ！　イナーケ！

エコー。そこでは、飛行する虫の群れのように、イナーケの名が粉々に散っていく。

イナーケはそんなに遠くに行ってない。イナーケ！　君を待たなかったと怒ってなどないよな？　待つことはできない。行動しないではいられない。君の変わってしまった身体が私を恐れさせるなどと本当に思ってなどいないだろう。私は君を見ないではいられない。私の目が、目で見たことだけが重要で、それ以外の物はすべて幻だと言ってるのだ。イナーケ、どこにいる？　君が恋しい。どんどん暗くなっている。月光はさらに弱まっている。まるで私を助けたくないかのように。ここでは私は支配者ではない。誰も私の命令には従わない。剣の助けを借りて私自身で道を切り開かねばならない。ああ、臭い！　誰かに鼻を殴られたかのようだ。何があるんだ？　奇妙だ。腐った犬か？　違う。肉塊の山だ。死んだネズミの肉かもしれない。この山が私の剣から発している細い光を吸い込んでいる。もっとよく見なければ。ひょっとしたら妻の痕跡があるかもしれない。ああ、なんてここは臭いんだ。一体どうして一度にこんなにたくさんのネズミが死んだっていうんだ。一匹、二匹、三匹、四匹、五匹、六匹、七匹、八匹、九匹、その先が数えられない。もうこれ以上臭えば、息ができなくなる。死んだ肉の臭いは、まるで生きたモンスターのようだ。胸をしめつけられて、胃液がこみ上げてくる。この大量の死んだ肉団子のなんと醜悪なこと！　ただそこにあって、臭い！　よく観察でもしたら、その醜さに卒倒しそう！　一体この暗赤色の、だらしのない肉の塊の間にある妙なカビは何だ？　小さな白いスノーフレークのような。蛆じゃないか！　ぶよぶよと太ったウジ虫が肉の山を這いずっている！　一匹、二匹、三匹、四匹、五匹、六匹、七匹、八匹、九匹、その先が数えられない。数えれば数えるほどに増えていく。ゾッとする。背筋が凍る。逃げるぞ。足はどこだ。ここから出るぞ。足はどこだ。とにかくここから出るんだ。行かせろ。私は足のないウジ虫のように肉の山の横に寝そべっていた。見ることもできない。目も見えずこのだらしない肉をほじくれというのか。ウジ虫のように這いずれと？　当所《あてど》もなく？　視界もなく？　子供もなく？　屍はウジ虫にとっての全世界だ。やつらには屍しかなく、そこで生きそこで死ぬ。だが私にもというのか？

イナーケ　オーギ！

オーギ　誰かが私の名を呼んだか？

イナーケ　オーギ！

オーギ　誰が俺の名を呼んだ？

イナーケ　私を見たわね。

オーギ　イナーケか？　君なのか？

イナーケ　あなたの死んだ妻、イナーケよ。九の数は私を見てはだめだとあなたに伝えなかったのかしら？　私を待つべきだと聞かなかったのかしら？

オーギ　イナーケ！　どこにいる？　見えているのはただ死んだ肉の山だけ。君はどこだ？

イナーケ　ここよ。なぜ私を待たなかったの？

オーギ　いや、そんなはずはない。この死肉の山。これが君のはずがない。

イナーケ　なぜあなたの視力をわたしが奪うまで、待てなかったのよ？

オーギ　違う、イナーケ。君はそれじゃない。私の前にいて、話をしているのは、君じゃない。

イナーケ　この私を見てしまったからには、殺さなければ。

オーギ　何だって？　あり得ない！　私が何をした？　一人の男が死んだ肉を目にした。その男が私だ。死んだ肉は、君ではない。私は君を見たものではない。そして君は見られたものではない。

イナーケ　あなたを殺さなければ。

オーギ　**ノロジカのような叫び**

4

波

オーギは跳ね起きてできるだけ速く走りました。イナーケは女従者にその後を追うようにと命じました。女従者は猛獣のように急ぎました。オーギはイナーケのために作った花輪を女従者に投げつけました。彼は花輪を失いました。花輪はブドウになりました。甘く香り、赤い血の色。女従者はとりこになり、立ち止まると、座り込み、そのブドウを食べ始めました。その間オーギは、来た方へとさらに走りました。大食いの美女である女従者がブドウをたいらげるのにはさほど時間がかかりませんでした。飛び上がると、再び海吹く風のようなスピードで走りました。オーギは女従者の息をすぐ背中に聞きました。止まることなく振り返ると自分のベルトを彼女の顔に投げつけました。そうして彼はベルトを失いました。ベルトは蛇になり、女従者の首に巻き付きました。女従者はしかし蛇の小さな頭を手で摑むとその舌にのせ、蛇を食べてしまいました。オーギは走りました。そして、なぜまだ数字の九と出会った場所に辿りつかないのか不思議でした。おそらく黄泉の国への道は二つあったのでしょう。イナーケは、美しい大食いの女従者がまだ戻ってこないので、今度は軍隊を送りました。イナーケの軍隊はてっぺんからつま先まで甲冑《かっちゅう》だけでできている千人の女部隊でした。甲冑の中には肉はないので、彼女たちは傷つきませんでした。甲冑は戦艦のように重いのにもかかわらず、その速さは魚が泳ぐかのようでした。オーギは目の前に川が流れているのを見ました。この川はイナーケの国と私の国を分ける川に違いない。そう考えた彼は、向こう側へ行くために川へ飛び込もうとしました。そのとき彼は、イナーケの軍隊がほぼ自分に追いついたのを見ました。彼は岸に立つ木から桃を三つ掴むと、軍隊に投げつけました。最高に硬い甲冑は、最高に柔らかい果実で打ち破れることを彼は知っていたのです。軍隊は空中に消え去りました。その瞬間、イナーケがオーギの目の前に現れました。怒りを眼の狭間に、悲しみを喉元に、困惑を心臓に、口に嘲笑を浮かべ、イナーケは夫を凝視しました。彼女にとって重要なのはただオーギを捕まえること。オーギは巨大な石を掴むとイナーケと自分との間に置きました。

オーギ イナーケ、この石は今日から私の国と君の国を分かつ神聖なる石だ。

イナーケ オーギ、なぜ私の国とあなたの国を分けたいの？　私と一緒に天と大地を治めたいと言ったのではなかったかしら？

オーギ イナーケ、そのとき君はまだ死んではいなかった。君はまだ私が恐れる何かではなかった。今や君は君の国の女主人だ。そこから去るべきではない。

イナーケ あなたが私を記憶に留めていられると、どうやったら確かめられるのでしょう。あなたの肌に刻まれずして、私の名はどう生きながらえるのでしょう？

オーギ 君の名は、この川の水に飛び込むことができるだろう。この川は私のものでも君のものでもないのだから。

イナーケ どうやってあなたの力を支え引き継ぐ子供たちをつくるつもりなのでしょう?

オーギ 私の肌に針を刺させよう。針の芸術を司るマイスターの名は「九」。彼の針は時針。すべての傷は男性的な膣を形成し、そこから子供たちは生まれ出る。

イナーケ 子供たちは血の赤色を帯びているでしょう。

オーギ 子供たちは私の花がかつてそうだったように、とても赤く美しいだろう。

イナーケ 九の数との戯れで、私を忘れてはしまわないのでしょうか。

オーギ 君の名は川の中で生きながらえる。

イナーケ 溺れることなく、どうやって私の名前は生きられるの。

オーギ 飛び込む。川の水は彼を捕まえようとする。彼はしかし抵抗し、向こう岸に辿りつく。君を思い出すことはない。君の名を呼ぶことはもうない。

イナーケ それならば、一日千人、あなたの子供を殺しましょう。私のことを思い出すように。

オーギ それならば、一日千五百人、子供をつくろう。君のことを忘れられるために。

5

葉のざわめき、風、花々のささやき、オーギの喚き声、イナーケのハミング、働く漁師たちの声、そして水の合わさった音

漁師1 聞いたかよ?

漁師2 風だよ。

花1 もう私たちと話をする人はいない。

花2 私たちは来ては行く。

花3 行けば、それはもう私たちじゃない。

漁師1 何か聞こえたぜ。

漁師2 ただの風だって。

漁師1 風?

漁師2 秋が来たんだわ。魚たちが俺らを待ってんの。

漁師1 急いで全部準備しねえとな。

漁師2 変だな。突然浜辺で声が聞こえるなんてよ。

花1　ない／もはや／私たち／でも／花たちは／いる／ずっと／もし……

漁師1　魚が仰山取れる大漁の秋になるぜ。

花2　落ちる／花弁は／乾いて／死んで／でも／死んで／ない／種たちは／落ちる／眠る／冬を／種たちは／冬は／来て／そして／行く……

漁師2　聞いたか？

花3　来ては、行く……

花1　枯れて……

花2　あるいは行って……

花3　私たちは枯れて行く……

漁師1　俺の子供たち、ますます太ってきたわ。

漁師2　俺の子供たちはますます背が伸びてきたわ。

花1　果実は熟れ。

花2　種は飛び。

花3　寒い。もう行きましょう。

漁師1　準備オッケーか？　全部あっか？

漁師2　ああ。出発だ。

花1　枯れ行く。

花2　行く。

花3　やって行く。

〈翻訳者の言葉〉

小松原由理

本作はYoko Tawada „Orpheus oder Izanagi-Die Rückkehr aus dem Reich der Toten“（1998年、Konkurs出版）の翻訳である。ラジオ戯曲と表題がつく本作とともに、原著には戯曲と表題がついた„Till“（『ティル』）の二作品が収められている。ラジオ戯曲と記されるように、本作は一九九七年五月二一日にNDR（北ドイツ放送）とSDR（南ドイツ放送）の共同制作で初放送されている。本放送の反響として、「（その他のラジオ戯曲のなかでも）リスナーが一番笑った、最も爽快な作品」（フランクフルター・ルントシャウ紙）と評されたように、本作には耳で楽しみ、耳で笑う仕掛けが至る所に散りばめられている。テクストでは、ドイツ語の同じ音で始まる単語の連続によって、新たな音とリズム、そして何より新たな意味がリスナーの耳の中で次々に生み出されていき、また異文化である日本を背景とした言葉と意味の組み合わせは、それが新たにドイツ語へと翻訳されることで、自明だった結びつきが解体され、音と意味は宙ぶらりんとなり、言葉のみが奇妙にも前面に押し出されていく。要するに、ドイツ語であるからこそ楽しいこのテクストを、再び日本語に戻すという今回の翻訳作業によって、著者による言葉の音と意味への拘りを殺さないようにすること――そこに最大限の注意を払ったつもりだが、しかしそれがまたなんとも難しかった。おそらく、考えすぎた結果、見事にスベッている箇所もあるかもしれない。いや、きっとあると思う。

もう一つ、翻訳の仕上がりについても、その経緯を含めここに言い訳しておきたい。本作は、くにたち市民芸術小ホールにて、小山ゆうな演出によるリーディング（二〇一九年一一月一六日）として日本では初上演となった。いわばそのための台本として進められた翻訳作業だったが、役者の「動き」ではなく、「声」を重視するリーディングという形式ではあるものの、実体ある身体を通した演技者が現に存在し、その視覚的要素を介しての舞台となるわけで、言葉がどのように届くかは、ラジオ戯曲を想定した原作とは別の観点から考え直さなければならない。ドイツ語から日本語へ、そしてここに聴覚から視覚へといったテクストの立て直しが必要となり、こうして複数の文脈によって徐々に原作から離れていく台本の宿命を、翻訳者としてリアルに目撃することになった。最初に仕上げた原作テクストの翻訳ではなく、役者たちが読み合わせの練習をする過程で出てきた修正案をそのまま盛り込んだ、ほぼ台本通りの翻訳テクストをここに掲載することに決めたのは、原作と台本の飛距離を楽しむ姿勢こそが、多和田葉子の演劇を読むことなのだと身をもって理解することができたからである。その意味において、再び活字として届けられる本書における翻訳は、読者にとって読みにくいものであるかもしれない。

さて本作の内容について、これまでの先行研究の紹介も含めて、若干掘り下げておきたい。本作はタイトルに示される通り、オルフォイスという西洋の神話とイザナギという日本古来の神話という、遠く離れた二つの神話が、副題の「黄泉の国からの帰還」という同一テーマのもと、「オルフォイス」または「イザナギ」という同列の選択肢として並ぶ創作神話である。

そもそも西洋の神話では、オルフォイス（ドイツ語でOrpheus。他にオルフェ、オルフェウス、オルペウスなど多様な呼び名が存在）が毒蛇に噛まれて死んだオイリュディケ（ドイツ語Eurydike。他にエウリュディケー等）を美しい琴の音色でなんとか冥界から戻らせようと試みるものの、約束を守れず振り返ってしまったがゆえにその姿を永遠に見失うという悲劇だ。一方、日本のイザナギとイザナミの兄弟神の夫婦の話は、やけどで死んだ妻イザナミを同じく黄泉の国から戻らせようと試みるイザナギが、決して振り返ってはならないという約束を破り、イザナミの醜い姿を目にした結果、恐怖のあまり絶縁を宣告するという、どこか喜劇的な話でもある。言うなれば「見えなかった／見てしまった」という、どこか表裏一体の勝手気ままな（男神たちの）視覚への欲望という、東西神話の本質に共通する輪郭は、多和田による混交神話によって、より鮮明化されている。

越境文化を専門とし、多和田葉子研究者でもあるクリスティーヌ・イヴァノヴィッチは、これまで多和田文学の研究においてほぼ取り上げられることのなかったこの作品に注目し、本作には、ヨーロッパと日本という多和田の「二重の動機」が存在していると指摘している。まずは消えたオイリュディケに代表されるように、永遠に失われたイメージとしての、すなわち喪失された女像を自らの文脈で再生産し続ける文化としての「ヨーロッパ神話」への批判。そしてもう一つは、『古事記』の誕生の経緯に見られるように、母権性を排除し、天皇権力の正当化を目的とした、恣意的な神話の取捨選択に対する「日本神話」への批判であると。

確かに本作では、見えることができなかったはずのオイリュディケ像は、悪臭を発し、蛆《うじ》のたかるグロテスクでリアルな身体を晒すイナーケ像として生まれ変わっているし、イザナミとも異なり、イナーケは炎により死ぬのではなく、夫であるオーギによって刺殺されている。それもまた、蛇との戯れという「女の欲望」への目撃とその嫌悪から――。この意図的な筋の変更は、明らかにジェンダーコードの解体に結びついているのだが、しかしそれは、多和田が神話を本来あるべき母権的神話へと戻すことを意図した結果でも、ましてやフェミニズム的視点の強調でも決してないように思う。多和田の混交神話に唯一の筋があるのだとすれば、「本来あるべき神話」の解体を、イメージの戯れの中に「聞かせる」ことなのだから。そこでは、男神も女神も、漁師に代表された人間たちも、花々も、物語を生んでは消し去った波のように、等しく漂う「動き」であり「響き」に過ぎない。太平洋に浮かぶ小さな島で繰り広げられる、東西神話の混交は、彼らを包み込む海のように、とても大きく、自由で、そしてひたすら愉快だ。ぜひ、ドイツでのリスナーのように、本作の「爽快さ」を単純に楽しんでもらいたい。

〈演出者の言葉〉

小山ゆうな

「オルフォイスあるいはイザナギ～黄泉の国からの帰還～」リーディング公演に寄せて

「オルフォイスあるいはイザナギ～黄泉の国からの帰還～」は一九九八年に出版されており、ドイツ語でラジオドラマの為に書かれた。ドイツ語で書かれているが、私たちにナイン（ドイツ語で「いいえ」の意）と英語の数字９（ナイン）がかかっている事がすんなり入って来なかったとしても、日本語のわからないドイツ人には、４が死、９が苦と繋がっているという事は全くわからないだろうから、結局特に言語の境界も感じさせない。漁師は、現代の日本あるいは、世界のどこにでもいる漁師を彷彿とさせるし、花たちもどこの国にもいそうだ。稽古で初めて俳優の声を通して聞いた時に言葉の美しさに感激した。同時に、鋭いユーモアも溢れている。とても現代的で、普遍的な作品をお客様と共有できる事をとても嬉しく思っている。

fig. 12
『オルフォイスあるいはイザナギ～黄泉の国からの帰還～』
リーディング公演
写真提供：公益財団法人くにたち文化・スポーツ振興財団

（＊この文章は公演パンフレットの掲載文を転載したものである。）

上演記録

「多和田葉子　複数の私」関連企画 geisho stage creation
リーディング
『オルフォイスあるいはイザナギ～黄泉の国からの帰還～』

二〇一九年一一月一六日（土）　くにたち市民芸術小ホール
作：多和田葉子
翻訳：小松原由理
演出：小山ゆうな（雷ストレンジャーズ）
出演：波・イナーケ・花1／紫城るい　オーギ・漁師1／
霜山多加志（雷ストレンジャーズ）　漁師2・花3・数9／松村良太（雷ストレンジャーズ）
花2・数4／平山美穂（雷ストレンジャーズ）
映像：神之門隆広
作曲・ピアノ演奏：長谷川ミキ
主催：公益財団法人　くにたち文化・スポーツ振興財団
助成：公益財団法人東京都歴史文化財団　アーツカウンシル東京
協力：TMP（多和田／ミュラー・プロジェクト）

児童劇の試み

あしのゆびはアルファベット

多和田葉子　作
山口　裕之　訳

(A《エイ》) あれ、ちがう

こども

きょうはなんだかふしぎな日
きのうあったものがきょうはみんななくなっている
じどうしゃもないし、木もないし、家もない
わたしのおうちはどこ?
きょうはみんなどこかちがう
おうちにいたことがない人がきょうはみんなおうちにいる
おかあさんも、おとうさんも、おきゃくさんたちも
きょうはみんなどこかちがう
あつかったものがきょうはぜんぶつめたくなっている
コンロはつめたくなって、たまをプッとひとつはきだす
アイスをひとたま
いちごがついたアイス
こおりのくにのしろくまさんはよろこんでいる
だっていちごがきんいろにかがやいているから
バナナはカチカチで

まるでナイフみたい
ナイフだってしゃべるよ、おおきなこえで
スプーンをくれ！
スプーンはすごく大きい
スプーンのうえにこしかけよう
もうじどうしゃなんていらない
スプーンにのってしゅっぱーつ
くうこうまでおねがいします
スプーンはわたしをくうこうまでつれていってくれる
でもそこにはひこうきはいない
そのかわりにたくさんのすずめたち
どのすずめもトランクをもって
どのトランクのなかでもお日さまがきらきらしている。

（B《ビー》）ボール

おとうさん　ボール、えーと、たまはあるかな？

おかあさん　わたしのあたまの痛みがある。
おとうさん　わたしのあたまの痛みがある？
おかあさん　おとうさんじゃなくて、わたし。
おとうさん　きょうは天気がいいね。空は青くて……
おかあさん　あたまのうえの屋根がなくなったからね。ぜんぶなくなった。ベッドもないし、机もない。いすもぜんぶ消えてしまった。
おとうさん　でも、おかあさんはいすにすわっているじゃないか。
おかあさん　（あわてていすを探す。おかあさんはほんとうにいすにすわっているみたいだから だ。でもいすはそこにない。）わたしはいつもいすにすわっていた。だからそのままいすにすわっていられるの。たとえいすがなくなってもね。
おとうさん　そのすわっている格好、太極拳みたいだね。
おかあさん　なに？
おとうさん　太極拳だよ。
おかあさん　どうしてそんなもの知っているの？
おとうさん　ボールはあるかな？
おかあさん　わたしのあたまはボール。これをはずしてもいいよ。
おとうさん　なんのため？

おかあさん　あそぶため。あたまなんてもういらない。

おとうさん　（あたまをおかあさんからはずそうとする）　おかあさんのあたまはしっかりとくっついて取れないよ。

おかあさん　わたしのあたまは水遊びのボール。水のうえに海賊たちがこんなにいっぱい！

おとうさん　おかあさんのあたまは水遊びのたま。なにか見えるよ。

おかあさん　なにが見えるの？

おとうさん　青い船が何艘か。

おかあさん　そう、それが海賊船。

おとうさん　おかあさんのあたまを両手でかかえていいかな？

おかあさん　どうぞ。わたしのあたまは痛みがぎっしりつまったボール。

おとうさん　おかあさんのあたまをそうっと揺らそう。ちいさな波をおこすよ。

おかあさん　たかく投げて！

おとうさん　だめだよ、そんなことをしたらこわれてしまう。とてもゆっくり左に動かしたり右に動かしたりするよ。

おかあさん　ちいさな波を感じる。きもちいい。

おとうさん　痛みより、波のほうがいいね。

おかあさん　波がいったりきたりする。

おとうさん いってしまう？

おかあさん そう、でもまたかえってくる。

おとうさん それから？

おかあさん またいってしまう。でも悲しくはない。

おとうさん またかえってくるから。

おかあさん そしてまたいってしまう。

おとうさん でもまたかえってくる。

おかあさん そう、そしてまたいってしまう。

おとうさんとおかあさん：

そしてまたかえってくる。

（C《シー》）ドイツ語のC《シー》とおいしいあしの指

こども このお肉はおいしい。

Cはアルファベットの三ばんめのもじ。

さいしょのもじはA。

二ばんめはB。

Cはおいしいの C。
Cのドイツ語はツェー。あしの指のドイツ語もツェーということばだ！
いたっ！　ちょっとまって！　自分のおいしいC《ツェー》、あしの小指のツェーを食べるところだった。
ほにゅうるいはなかまをたべたりしない。
ほにゅうるいはなかまをころしたりしない。

おとうさん　おまえの小さなC、ツェーを食べてもいいかな。小指のことだよ。大きなツェーの親指でなくてもいいから。小さなツェーがちょうどいい。一番小さい指だよ。
それはいらないだろう。

こども　いるよ！

おとうさん　なんのために？

こども　わからない。

おとうさん　じゃあたべちゃうぞ。

こども　だめ！

おとうさん　じゃあ、なんのためにいるのかいってごらん。

こども　だってちいさなツェーの小指がないと、からだのひだりがわがひだりにたおれるし、からだのみぎがわがみぎにたおれるじゃない。

おとうさん　ところで、ドイツ語のアルファベットの「ツェー」はどうしているのかな。

おかあさん　それはCを表す「ツェー」を書くためでしょう。

こども　ちがうよ、あしのゆびのツェーはドイツ語でZ、E、Hだよ。

おとうさん　三つもアルファベットを使わなくてもいいのにね。C（シー）を一つ書けば、ツェーという音になるのに。

おかあさん　それはできないよ。

おとうさん　どうしてだめなの？　おかあさんは、ことばのケイサツなのかな。

おかあさん　なにばかなことをいっているの。

おとうさん　どうしてあしの指のツェーをアルファベットのツェーで書かないのかな。

おかあさん　そんなことをしたら、辞書のなかでそのことばを見つけられないでしょう。そのことばはもうだれにも見つけてもらえなくなるのかな？　捨て子のように一人で置かれてしまう。辞書のくらい片隅に。かくれんぼうをしていて、見つけてくれるのを待っているのに、だれも見つけてくれない。もうなんの音も聞こえない。ほかのこどもたちはみんなおうちに帰ってしまいました。かくれているところからでてくると、百年のときがすぎていました。

(D《ディー》) でっかい屋根

こども　あさ、めがさめたらやねがあおになっていたよ。
おかあさん　おかあさんが屋根を青くぬったの。この色はすき?
おとうさん　これは屋根じゃないよ、これは空だよ。
おかあさん　おかあさんは空を青くぬったのよ。その前は灰色《はいいろ》だったから。
おとうさん　おとうさんは緑色《みどりいろ》にもぬれるよ。ほら、ぬるよ。
おかあさん　まって! もっといい色があるから。赤よ。
こども　そらはとうめいのほうがいいな。
おとうさん　雲が見える。
おかあさん　もうながいこと雲を見ていなかったな。よこになって空の映画を見よう。
おとうさん　なんという映画だい?
おかあさん　タイトルのない映画よ。
おとうさん　この雲は、お皿を食べているひつじだね。見えるかい?
おかあさん　ええ。それにほら、あそこのひつじはなわとびであそんでいる。
おとうさん　あっ! あのいちばん大きな雲はうさぎになっているよ。
おかあさん　あそこの小さいの、あの雲は校長先生みたい。

おとうさん　校長先生を知っているの？

おかあさん　おとうさんは知らないの？

おとうさん　ぼくは会ったことがないんだよ。あれ、そのとなりにはプードルがいる。あのプードル、むく犬なら知っているよ。

おかあさん　いったいどこで？

おとうさん　ゲーテの『ファウスト』に出てくるからね。

（E《イー》）なかのいいきょうだいたち

おとうさん　むかし知っていた男の子の話をしよう。その子は太平洋の小さな島に住んでいました。

その子には五人の姉妹と五人の兄弟がいました。

秋になるとよく台風がやってきました。

風が一日中びゅうびゅう吹いていて、波は空よりも高くなりました。

強い風が吹きつけると、屋根がどこかにとんでいきました。

星たちが輝いて顔を照らすので、男の子は目を覚ましました。男の子はきょうだいたちを起こして、屋根を探しに出かけました。

屋根は竹の葉っぱでできていました。
十一人のきょうだいたちは一晩中歩きつづけました。

(F《エフ》)ふしぎなゆか

おとうさん　床が必要だね。床がないと家じゃないから。
おかあさん　お手上げね。私の道具も消えてしまったし。
おとうさん　手伝おうか。
おかあさん　そんなこと何にもならないでしょ。
おとうさん　そんなことはないよ。
おかあさん　だって床は……
おとうさん　木でなくてもいいでしょ。木はなくなってしまったからね。
おかあさん　どうして?
おとうさん　だれかが木の板を全部もっていったんだよ。
おかあさん　床は……
おとうさん　ないよ。そこに見えているのは、ただのはだかの地面。
おかあさん　地面!?

おとうさん　……はべつにきたなくないよ。
おかあさん　地面はまっぱだか。
おとうさん　そしてやわらかい。　そしてあたたかい。
おかあさん　何かでてきた。
おとうさん　地面から？
おかあさん　そう！　とがった口だ。
おとうさん　ちいさなパワーシャベルだね。
おかあさん　もぐらないね。
おとうさん　モグラだよ、あれは。
おかあさん　おうちにやってきただけなのかな。
おとうさん　床があけっぱなしだったら、だれでも下からやってこれるね。
おかあさん　地下の世界からのお客さま。
おとうさん　おうちにようこそ！

（G《ジー》）　ゲスト

おとうさんとおかあさん

こんにちは！　おいでいただいてうれしいです。もうご存じだと思いますが、そう、家が消えてしまったというのはとてもヘンなことですね。でも、私たちはとってもいい感じでやっていますし、子どももほんとうにしあわせな気持ちになっているみたいです。

ともだちは私たちのたからもの。お客さんがやってくることほどステキなことはありません。どうぞ入ってくださいね。え？　あ、そうですね、入り口のとびらがありませんね。だからはいってこられないんですね。はいろうと思わなくてもいいんです。だってもうなかにはいっているのですから。何ですって？　なかにいるのか外にいるのかわからないって？　家の敷居はどこかって？　それはまたむつかしい質問ですね。答えられるのは頭のいい哲学者くらいですよ。簡単な答えがありますよ。私たちのゲストになっていると感じていらっしゃるなら、なかにいるということです。ゲストの感じがしますか？　そうでしょう？　オーケー、それなら私たちのお客さんです。どうぞおかけください。

さて、なにか飲みものでもおもちしましょう。でも、冷蔵庫も消えてしまったんです。なに、たいしたことではありません。なにを飲めるか、考えてみましょう。水です。北海の水とバルト海の水とどちらにしましょう？　北海の水は冷たくて炭酸入りです。バルト海の水はハンザ同盟の味がします。それともジュースのほうがいいですか？　O《オー》ジュースとA《エイ》ジュースのどちら？　Oジュースというのは、オーケストラジュースのことで、バイオリンのようにシュワっとしています。そして、フルートのように甘く香ります。Aジュースは、おさる、つまりエイプのジュースです。さるはみんなこのジュースを飲んでいます。おさるみたいなジュースなので、一口飲むとおさるのまねをしてしまうんです。

（H《エイチ》）ヘアーをあらうシャワー

おかあさん　なにをしているの？　どこか具合でも悪いの？

おとうさん　髪の毛がたいへんなんだ。髪が洗えないんだよ。もうながいこと髪の毛を伸ばしっぱなしにしていたら、洗えなくなってしまったんだ。でも、髪を切るのはいやだ。

おかあさん　いつのことを言っているの？　だっておとうさんの髪は短いじゃない。

おとうさん　ぼくたちが知りあってからはそうだけれど。

おかあさん　むかしはどうだったの？

おとうさん　とても髪の毛が長かったんだよ。

おかあさん　信じられない！
おとうさん　髪の毛を洗いたいんだ！
おかあさん　どうしてできないの？
おとうさん　シャワーがないからだよ。
おかあさん　もうすぐ雨が降るよ。そうしたら雨の水を集めてきれいにして使いましょう。
おとうさん　どうやって？
おかあさん　あるいは、滝に行ってもいいかも。
おとうさん　それはステキなおでかけになるね。近くの滝はどこだろう。
おかあさん　ほら、すぐ近くにナイアガラの滝があるじゃない。
おとうさん　ええっ？　ナイアガラはそんなに近くないよ。もっといいアイディアはないの？
おかあさん　あるよ。「シャワー」って言ってごらん！
おとうさん　シャワー！
おかあさん　ほら、「シャワー」という言葉のなかで水が流れているのが聞こえる？
おとうさん　シャワー！　ほんとうだ、水の音が聞こえる。でも、流れているのはほんの一瞬だけ。すぐに止まってしまう。
おかあさん　だったら、何度も次々にくりかえすといいの。
おとうさん　シャワーシャワーシャワーシャワーシャワーシャワーシャワーシャワーシャワー

シャワーシャワーシャワー！

おかあさん　どう?

おとうさん　もっとあたたかいのがいいな。

おかあさん　それならはやくいえばいいのよ。

おとうさん　シャワシャワシャワシャワシャワシャワシャワシャワシャワシャワシャワシャワシャワシャワシャワシャワ！

（I《アイ》）

（J《ジェイ》）　ジャパン

こども　まどがどこにもないね……

おかあさん　（見えない窓を作りつける）　みなさま、「現代ふしぎ発見」の時間です。今日は、日本の日常生活についてお伝えいたします。

まずは、レストランの話題です。日本には、食べることのできるメニューがあります。そのメニューは、そこに書いてある料理の味やにおいがします。だから、料理の注文をする必要がありません。メニューをそのまま食べてしまえばいいというわけです。とても便利ですね。

さて次は、動物の世界です。日本には、猫の言葉を人間の言葉に翻訳できる機械があります。猫がニャーと鳴くと、機械からコンピュータの声で「おなかがすいたよ」という言葉が出てきます。

おとうさん それほんとうのこと?

おかあさん 日本には、十分間も水にもぐっていられる女性たちがいます。無口な貝たちとおしゃべりをするためです。その人たちは、潜水服も酸素ボンベもつけていないのです。

おとうさん ほんとう?

おかあさん 日本には、シャワー室やカップ麺の置いてあるカウンターや、何万冊ものマンガが置いてあり、仮眠室もついているインターネットカフェがあります。日本には、インターネットカフェで暮らしている若い人たちがいます。その人たちはいつもオンラインの世界のなかにいます。

おとうさん そんなバカな!

おかあさん 日本には、これまでたくさん歩いてきたことに感謝を捧げながら、古い靴を供養してもらうお寺があります。

おかあさん　日本には、指先くらい小さなハムスターがいます。
おとうさん　うそだろう!
おかあさん　日本には、箱詰めしやすいように四角になったスイカがあります。ニュースをお伝えしました。

（K《ケイ》）　**かぎづめ**

魚が飛び跳ねキラリと光る
あなたはワシ
見ると魚がグングン泳いでいる
大海原の深緑色《ふかみどりいろ》の肌の下で
魚の背中めがけて急降下
ヌルヌルすべるウロコにガッシリ爪を立てる
爪はしっかりとくいこむ
魚は犬のように重たい
魚を放そうと思うのだけれど
かぎづめをひらけるのは

地面に降りたったときだけ
魚はわれを忘れて踊りくるい、ますます重くなってゆく
魚の重さでどんどん落ちてゆくのに
岸辺はまだまだ遠い
翼は力を失って、目はどんよりくもる
波間は深くなり、海は暗い色を帯びてゆく
岸辺はまだまだ遠い
まだがんばれるだろうか。それとも海に落ちてしまうのか
えものを手放すこともできない
そのために命を落としてしまうかもしれないのに
ワシというのもたいへんな仕事
だれにも尋ねられたことなんてない
ウサギに生まれたかったですかとは
海ワシは野菜なんて食べない
ケーキも、パンも、スープも
食べるのは魚だけ
岸辺がどんどん近づいてくる

砂浜が見えてきた
砂の上には人間がいる
手になにか道具をもっている
カメラだろうか、それとも鉄砲？
その人めがけて飛んでゆく
ほかにしょうがないから
（カシャっという音。ワシは写真に撮られる。）

（L《エル》）らくらくラーニング

おかあさん　勉強したいの？
おとうさん　まさか。
おかあさん　だって、いま勉強していたじゃない。
おとうさん　勉強しようと思うとき、「したい」というきもちがなくてもいいんだよ。
おかあさん　そうなんだ。じゃあ、「したい」というきもちがなくて勉強しているのね。
おとうさん　そうだね。でも、勉強しているとゆかいなきもちになるね。
おかあさん　よくわからないことを言うのね。勉強が楽しいんじゃないの？

おとうさん　うん。楽しもうと思っているのとはちがう。

おかあさん　でも、満足っていう顔をしているよ。

おとうさん　そうだね。勉強は好きだよ。

おかあさん　じゃあ、楽しいんじゃない。

おとうさん　まさか。

おかあさん　よくわからないことを言うのね。楽しいのではないなら、どうして勉強しているの？

おとうさん　勉強しようと思っているからだよ。

おかあさん　もう勉強しなくてもいいのよ。だってもう大人なんだから。

おとうさん　大人になるとこどものときに知っていたことをみんな忘れてしまう。だからこどもよりもたくさん勉強しなければならないんだ。

おかあさん　そうなの？

おとうさん　もう仕事にでかけることはないからね。家にいて勉強する。

おかあさん　でも家はもうないじゃない。

おとうさん　なおさら都合がいい。そうしたら家のそうじや修繕もしなくてすむからね。ただ家にいて勉強するだけ。

おかあさん　それで何を勉強しているの？

（M《エム》） 月はムーン？

おとうさんとおかあさん

あれ、天井に穴があいている。

そんなはずはない。だって天井がもうないんだから。

でも、天井に穴が見えるよ。

あれは空にあいた穴だよ。

そうなんだ。空にあいた穴か。裁縫箱はどこにあるかな。

知らないよ。知っているのは、二人とも裁縫が下手だということだけ。あなたはむかし私のパジャマにボタンをつけようとしたけれど、そのときにボタンの穴を縫いつけてしまったよね。

そんなことはないよ。

ところで、穴のなかにあるこの穴は、どうやって縫いつけたらいいんだろう？

そんなことしなくてもいいじゃない。この穴はそのままでいいんだよ。

そうだね。じゃあ、この穴に名前をつけてみようか。

どんな名前？

月の「ムーン」はどう？
口が「ムー」？
くちじゃなくて、つき。
「つき」って、一月、二月の？
ちがうよ、お月さまの「ムーン」だよ。
ああ、「ムーン」か。
そう、「ムーン」だよ。

(N)《エヌ》

(O)《オー》 おおくのくだもの

おとうさんとおかあさん

アンナちゃん
あな
あなある？

アナナスはパイナップルのこと

バーナー
バナナー
バナーネンはバナナのこと
バナナスは、バナナとナス?

マンゴー
ゴー
トゥー・ゴー
カット・アンド・ゴー
ゴーゴー
オー
オラン
オランウータン
オランジェンはオレンジのこと
オーオー

オーパはおじいちゃん
パー
パパ
パパイア
パパ　イヤ！
パパ　いい！
パパゲーノ
パー
パパが出かける
パパは、パパイアの生えているところに行く
パパはパナマの農園で働いている
パパはパパイアをプチっととる
パパはもう帰ってこない
でもパパイアがやってくる
パパ、わたしはプンプン
パパイアのにおいもプンプン

レモンのすっぱいにおいもプンプン
レモー
オー
レモンを知っている?
レモンの花咲くところを知っている?
みんなプンプンしてすっぱくなった国を知っている?
働いてももうお金を払ってくれないから
倒産なんだって
父さんは倒産したところにいる
でもわたしはどうなるのかな
パパはもう帰ってこない
チョコレートの味もすっぱい
ホットチョコレートもすっぱい
消しゴムもすっぱい
むりに食べようとするとね
むりにでも食べなくては
おなかがすいているときには

むりに食べなくていい
おなかがすいていても
空気のあじもすっぱい
ソックスのあじもすっぱい
むりに食べようとするとね
消しゴムは食べてはだめ
ソックスは食べてはだめ
ほらくだものがあるから

（P《ピー》）

（Q《キュー》）

（R《アール》）

あるはずのないかさ

おかあさん　これはかさです。紙でできているとっても便利なかさ。お花のように毎日水やりをしなくてはいけません。このかさは水がいるの。雨がふればだいじょうぶ。そうしたら庭においておけばいい。でも何日も雨がふらないときには、お水をあげないといけないの。ジョウロでね。

こども　ジョウロ？　なんだかおもしろいことばだね。動物の名前みたい。ジョウロ！　それって、つのが二ほんあって、とがったくちをしているのかな。

おとうさん　ほら、見てごらん、芽が出てきたよ。あの紙のかさから。食べられるように、かさの葉っぱを大きく育てよう。でも雨が強くなりすぎると、枯れてしまう。

おかあさん　（おとうさんに）　こんどはおとうさんがかさになるのよ。ほらひらいてちょうだい。大きくなってかさの芽を守るの。おとうさんに雨を降らせる。ほら、水をかけるよ！　（おかあさんはおとうさんに水やりをする。）

（S《エス》）

（T《ティー》）

(U《ユー》) ゆうれい

おとうさん やあ、あなたですか。うちに来ていただいてどうもありがとう。わたしのことはもうご存じですよね。そうなんです。だからもう仕事にいけなくなったんです。そのとおり。え？　なぜかって？　ほらわかりませんか。そうなんです。家がなくなってしまったんです。え？　病気で仕事を休む診断書がいるって？　いや、病気じゃないんです。だれも病気になんかなっていません。でも、これでは仕事に行くことはできないでしょう。まずは住むところの問題を解決しないとね。それでも病気の診断書がいるですって？　わかりました、どうしても手続きが必要ということであれば。かかりつけのお医者さんに頼みましょう。わたしがゆうれいみたいなものにかかわってしまったという手紙を書いてくれるように。よくあることですよ。

なんですって？　もうわたしの仕事仲間なんかではないって？　どうしてです？　え？　わたしは職を失ってしまったですって？　そんなばかな。だってわたしははじめから職になんてついてなかったのですから。妻やこどもが安心するように、仕事についているふりをずっとしていたのですよ。もうそんな必要もありませんね。でも、あなたのご家族にお知らせするようなことはいたしませんが、あなたも仕事にはついていなかったし、だからわたしの仕事仲間でもなかったということなのですよ。どんぐりの木の下のベンチにある銀行の仲間ですね。どんぐり銀行、お金はどんぐりの実、お客さんはリスたちだったんです。ぜんぶあそびですよ。だからあなたはもう仕事仲間ではないということなんです。わたしはいまではちゃんとしたところで働いています。サーカスなんです。

（V《ヴィ》）

（W《ダブリュ》）

（X《エクス》）

（Y《ワイ》）

（Z《ゼット》）

ぜんいんでかぞえうた

一つ、ひとでのひとりごと
二つ、ふたつきあたまのふしぎな小人
三つ、みどりの三輪車
四つ、よなかに読みふける
五つ、いつかのいかつりぶね
六つ、むかしの陸奥国《むつのくに》
七つ、なつの南蛮鍋
八つ、やっとやんだ山の雨
九つ、ここのココナッツ
十で、とうとうとれた指

ぜんいんで

〈翻訳者の言葉〉

山口裕之

この子どものための小さな劇作品は、アルファベットのAから始まってZで終わる。日本語への翻訳でもなんとか対応させようとしたのだが、それぞれの小さな場面のタイトルは、例えば（A）Anders（ちがって）、（B）Ball（ボール）というように、それぞれのアルファベットを頭文字としている。この作品の原題Mein kleiner Zeh war ein Wortをそのまま日本語に置き換えると、「私の足の小指は言葉だった」ということになるが、このちょっと不思議なタイトルは、（C）Das C und die Zehe（Cと足の指）の場面を受けている。ドイツ語でアルファベットのC（ツェー）と「足の指」を表すZeh（ツェー）はまったく同じ音。劇のなかの子どもは、アルファベットをたどっているうちに、この二つが同じ音だと気づく。あ、私のこの足の指はアルファベットのCだったんだ！

それぞれの場面は、お互いにあまり話がつながっていない断片のように見えるかもしれない。しかし、読み進めていくとわかるように、劇全体を通じて大きな物語としての枠組みがある。ある日突然、世界の様子がすっかり変わってしまって、家の屋根も壁も床もなくなってしまう。そして、いつもは家にいないお父さんもお母さんも、「お客さん」まで家にいる。何もなくなったところから、みんなはアルファベットのAからZまでたどりつつ、「言葉」によって、いままでとはちがう世界をあたらしく作り上げてゆくのだ。言葉による世界の創造の物語である。「足の指」（ツェー）が、そういった世界を作り上げてゆく構成要素の一つなのだという発見は、この劇作品全体のキーといってもよいだろう。

こういった言葉遊びでは、いつも使っていた言葉にいままで気づかなかったような側面がパッと開けることがある。そこから世界もあたらしく始まる。この作品には、そのような言葉との戯れによって、慣れ親しんだ世界がどんどん姿を変えていくような不思議な感覚が詰まっている。作品のタイトルを日本語でそのまま言ってしまうと、どうして足の指が言葉なのかよくわからないのだが、ドイツ人がこのドイツ語のタイトルを耳にすると、クスッと笑った顔で即座に意味を了解する。それ自体としては小さな言葉の遊びなのだけれど、このタイトルは世界をどんどん作り上げてゆく言葉の行為そのものでもある。

それぞれの場面は、AからZまでの頭文字をもつタイトルの順に並んでいるのだが、中程あたりからおしまいにかけて、アルファベットは掲げられているものの、タイトルも場面も欠けているところがいくつかある。これらアルファベットだけの箇所は、作者によると、上演する人が自分たちで好きに作ってください、ということなのだそうだ。

この作品は、ドイツ北端の町フレンスブルクにある劇場「演劇工房ピルケンターフェル」の委嘱によって作られた戯曲である。劇場としては、もともと子どものための演劇作品の賞を取ることを念頭に置いての依頼でもあったようで、多和田葉子にとっては初めての子どものための劇だった。二〇一〇年六月一九日にこの劇場で初演された後、ドイツ児童演劇賞（二〇一〇年）、ミュルハイム児童演劇賞（二〇一一年）にもノミネートされた。演劇工房ピルケンターフェルでは、その後も何度か上演を重ねている（上演の様子はYouTubeや劇場ホームページでも見ることができる）。初演のときにはまわりの小学校の子どもたちもその過程で一緒に加わったあとに芝居を見に来てくれる、そのようなとても楽しいプロジェクトだったらしい。その後、シュトゥットガルトに近いエスリンゲンでも上演されたが（二〇一三年三月）、多和田によると、このときは子どもたちや俳優は劇をとても楽しんでくれるのに、上演を決定する大人たち（教育委員会など）がなかなかよさを理解してくれなくて、上演が決まるまでがたいへんだったようだ。

ドイツ語のテクストは、Yoko Tawada, *Mein kleiner Zeh war ein Wort*, Tübingen: Konkursbuch Verlag Claudia Gehrke, 2013. という戯曲を集めた単行本のなかの一つの作品として出版されている。この著作は一九九三年から二〇一二年にかけて書かれた一二の戯曲・放送劇を集めたもので、そのなかに含まれている「オルフォイスあるいはイザナギ」や「ティル」は、一九九八年にこの二つの作品だけで単行本としてすでに発表されている。多和田葉子の二〇年にわたる劇作品をまとめて収録したこの著作全体のタイトルとして、この子どものための小さな作品のタイトルがそのまま使われているということからも、この標題がある特別な意味を帯びたものであるといえるだろう。

あとがき

谷口幸代

本書『多和田葉子の〈演劇〉を読む』は、演劇人としての多和田葉子に本格的に光をあてる初の試みである。ここでいう〈演劇〉とは、多和田の多彩な活動に対応して、芝居だけでなく朗読やパフォーマンスも含めており、そこに本書の特徴の一つがある。以下、多和田／ミュラープロジェクトと私との出会いまで遡って、本書刊行の経緯と意図を説明して後書きに代えたい。

きっかけは二〇一八年一一月一九日、東京・両国の劇場シアターX《カイ》でのことだった。本書を手に取ってくださった方の多くはご存じだろうが、多和田氏はジャズピアニストの高瀬アキ氏と組んでシアターXで刺激的なパフォーマンスを続けている。毎秋、シアターXでの一夜限りの贅沢な公演「晩秋のカバレット」に出かけるのは、私にとって欠かせない楽しみである。

二〇一八年の公演のタイトルは「ジョン刑事の実験録」。無音の曲「四分三三秒」等で知られる作曲家ジョン・ケージがテーマだった。「サイコロ朗読」と銘打った演目ではサイコロを振って出た目によって朗読する本がその場で決まるなど、即興性、実験性にあふれたパフォーマンスが披露された。アフタートークでは、パンフレットに掲載されていた楽譜は、多和田氏が剝いたさやえんどうの筋を五線紙に散らしたものだという思いもよらない楽しいエピソードが明かされ、沈黙、偶然、時間の流れ、音と声のズレなどをめぐって話が展開した。

ちょうどこの公演時には、『献灯使』の英訳 "The Emissary "（マーガレット満谷訳）が全米図書賞の翻訳文学部門を受賞し、各種メディアで大きく報じられていた。終了後も熱気が冷めやらぬ会場ロビーで、満谷氏から多和田氏に最終候補者のメダルと盾が渡される瞬間に居合わせることができたのもうれしいことだった。

ロビーで引き続き多和田氏とお話しているうちに、氏を囲んで何か打ち合わせが始まる様子だった。その場を辞そうとしたところ、多和田氏から一緒に参加したらどうかと声をかけられて同席することになった。それが多和田／ミュラープロジェクト、略してＴＭＰの打ち合わせであった。プロジェクトの主宰者である谷川道子氏、中心メンバーの一人である小松原由理氏とそこで初めてお会いした。

多和田葉子とハイナー・ミュラーという二人の戯曲家を結ぶ大きなプロジェクトが今まさに進行中であること、多和田戯曲の翻訳、多和田作品の演劇化、多和田演劇の研究など、演劇家と研究者の協働・連携によって多和田文学の演劇性を明らかにする魅力的な企画であることがすぐに伝わってきた。この日のうちに、メンバーに加えていただくことが決まった。私がプロジェクトの一員となれたのは、この日の公演のテーマにふさわしく、思いがけない幸せな偶然によるもののようだ。ここから谷川氏のパワーに圧倒されながら、このプロジェクトの目標を私なりに追いかける日々が始まった。

その後、ＴＭＰがミュラーとの関係を軸にしたプロジェクトであることから、多和田文学と演劇に特化したプロジェクトを正式に立ち上げることとなる。それが大文字のＴＭＰに対する小文字のｔｍｐであり、本書はこのｔｍｐの活動成果の一環として刊行するものである。

＊

多和田氏ご本人から玉稿をお寄せいただいたことは、本書にとって何よりありがたいことであった。テーマはオペラ。多和田氏がこれほどまとまった形でオペラへの関心を語り、オペラとの関わりから自身の文学世界を語ったものはなかったと言ってよい。

多和田氏がこれまでに手掛けたオペラの台本には、ペーター・アブリンガー（Peter Ablinger）の新作オペラのために執筆した „Was verändert der Regen an unserem Leben?“、ハノーファーの空港でオペラを上演する催しのためにカール＝ハインツ・オット（Karl-Heinz Ott）と共同執筆した „Arabische Pferde“ がある。日本では、出身地の国立市をテーマにしたオペラの舞台化が控えている（「文化の「ずれ」経験を戯曲に」、『読売新聞』、二〇一九年一一月九日）。多和田文学とオペラとの関連は今後ますます注目されるだろう。その意味でも非常に貴重な玉稿をいただいた。深い感謝の念を捧げたい。

ジャズピアニストの高瀬アキ氏からもご寄稿いただき、貴重な楽譜の掲載もご快諾いただいた。また松永美穂氏に、早稲田大学におけるパフォーマンスとワークショップの軌跡を豊富な記録に基づいてご紹介いただいた。

多和田作品の演劇化では、世界各地で繰り返し多和田作品を演劇化してきた劇団らせん舘にお話を伺った。

さらにＴＭＰ、ｔｍｐのメンバーにも寄稿していただいた。山口裕之氏には戯曲 „Mein kleiner Zeh war ein Wort" の日本語訳「あしのゆびはアルファベット」と解説を、小松原由理氏には戯曲 „Orpheus oder Izanagi" の日本語訳「オルフォイスあるいはイザナギ」と解説をお寄せいただいた。『動物たちのバベル』と『夜ヒカル鶴の仮面』を演出した川口智子氏には両公演のドキュメントを執筆いただいた。渋革まろん氏には演劇ユニット「したため」によって上演された「文字移植」（和田ながら演出）の劇評を執筆いただいた。その他、戯曲『動物たちのバベル』に関する拙稿も収録した。

新型コロナウイルス感染症の世界的な流行で先の見通しの立たない状況の中でご寄稿いただいた皆様に深く感謝申し上げる。人が集まる催しの自粛が要請され、劇場の閉鎖、公演の中止・延期が相次いだ。予想もしなかった形で、舞台芸術や劇場文化のあり方を否応なく見つめ直すことになった今、実践家と研究者が協働・連携する本書の試みが、多和田文学の豊かな演劇性を明らかにするとともに、〈演劇〉の力そのものを考えることにつながれば編者の一人として幸いである。

最後になるが、本書版元の論創社の森下紀夫社長、担当編集者の福田惠氏、装釘家の宗利淳一氏、校正者の小山妙子氏には種々ご高配をいただいた。厚くお礼申し上げる。

執筆者プロフィール

谷川道子（たにがわ・みちこ）

東京外国語大学名誉教授。多和田・ミュラープロジェクト代表者。専門はドイツ現代演劇。著書に『境界の「言語」――地球化／地域化のダイナミズム』、（荒このみとの共編、新曜社、二〇〇〇年）、『ドイツ現代演劇の構図』（論創社、二〇〇五年）、“Performative Übersetzung/ übersetzende Zur Topologie der Sprache von Yoko Tawada” (Stauffenburg Verlag, 2010)、『演劇の未来形』（東京外国語大学出版会、二〇一四年）など。翻訳にハイナー・ミュラー『指令』（論創社、ドイツ現代戯曲選17、二〇〇六年）、『三文オペラ』（光文社古典新訳文庫、二〇一四年）など。共訳に『ハイナー・ミュラー・テクスト集』I-III（未來社、一九九二-九四年）、『闘いなき戦い――ドイツにおける二つの独裁下での早すぎる自伝』（未來社、一九九三年）などがある。

谷口幸代（たにぐち・さちよ）

お茶の水女子大学准教授。専門は現代日本文学。論文、解題に“Destruction and Recreation of Japanese Mythology through Yoko Tawada's Literature” in Dough,Slymaker (ed.), *Tawada Yoko: On Writing and Rewriting*, Lexington Books, 2020, p.185-198.「多和田葉子全作品解題」（「群像」二〇二〇年六月号）などがある。

多和田葉子（たわだ・ようこ）

日独バイリンガル作家。グラーツの芸術祭「シュタイエルマルクの秋」で一九九三年に *Die Kranichmaske die bei Nacht strahlt*（『夜ヒカル鶴の仮面』）、九七年に *Wie der Wind im Ei*（『卵の中の風のように』）が上演され、劇団らせん館に"Till"をはじめとする諸作品を書き下ろすなど、小説、詩だけでなく戯曲家としても活躍している。戯曲集に *Mein kleiner Zeh war ein Wort*, Tübingen: Konkrsbuchverlag,2013. などがある。芥川賞、谷崎潤一郎賞、読売文学賞、クライスト賞、全米図書賞、朝日賞などを受賞。二〇二〇年には紫綬褒章を受章。

渋革まろん（しぶかわ・まろん）

批評家。『LOCUST』編集部。京都演劇ガイドブック『とまる。』（二〇〇八－一二年）を創刊・発行。二〇一八年、「チェルフィッチュ（ズ）の系譜学――新しい〈群れ〉について」（『ゲンロン9』二〇一八年一〇月）で〈ゲンロン佐々木敦批評再生塾〉第三期最優秀賞を受賞。

川口智子（かわぐち・ともこ）

演出家。東京学芸大学大学院修了。劇作家・演出家の佐藤信に師事。主な演出作品に、コンテンポラリー・パンク・オペラ『4時48分 精神崩壊』（作：サラ・ケイン）、香港のアーティストとの交流企画「絶対的」などがある。二〇二二年、多和田葉子書き下ろし「くにたちオペラ『あの町は今日もお祭り』」を上演予定（くにたち文化・スポーツ振興財団主催）。公式ウェブサイトは www.tomococafe.com。

〈劇団らせん館〉

嶋田三朗（しまだ・さぶろう）

演出家。劇団らせん館設立メンバーで同劇団代表。

＊詳細プロフィールは一一五ページ参照。

市川ケイ（いちかわ・けい）

俳優。劇団らせん舘設立メンバー。

とりのかな（とりの・かな）

俳優。一九八一年から劇団らせん舘メンバー。

高瀬アキ（たかせ・あき）

ピアニスト、作曲家。ヨーロッパを中心にジャズ、即興音楽シーンで国際的に活躍。一九八八年よりベルリン在住。一九九九年より多和田葉子とのデュオ・パフォーマンスを継続中。二〇一九年に発売されたＣＤ“Japanic”（BMC）、“Hokusai”（INTACT）のほか、多和田とのパフォーマンスを収録したＣＤ“Diagonal”（Konkursbuch, 2002）がある。ベルリン・ジャズ賞（二〇一八年）をはじめ、ベルリン新聞文化批評家賞、ＳＷＲラジオ局最優秀音楽家賞、ドイツ批評家賞ジャズ部門年間ベスト・レコード賞などを受賞。公式ウェブサイトは http://akitakase.de。

松永美穂（まつなが・みほ）

早稲田大学文学学術院教授、専門はドイツ語圏の現代文学&翻訳論。著作に多和田葉子『百年の散歩』（新潮文庫）文庫解説、『尼僧とキューピッドの弓』（講談社文庫）文庫解説、他にMiho Matsunaga Ausländerin, einheimischer Mann, Confidente. Ein Grundschema in Yoko Tawadas Frühwerk. In: *Yoko Tawada, Poetik der Transformation*, Hrsg. Christine Ivanovic, Stauffenburg Discussion Band 28, Stauffenburg Verlag, Tübingen 2010, S.249-262など、訳書にインゲ・シュテファン『才女の運命』（フィルムアート社、二〇二〇年）、ラフィク・シャミ『言葉の色彩と魔術』（西村書店、二〇一九年）などがある。

小松原由理（こまつばら・ゆり）

上智大学文学部准教授。専門はドイツ語圏アヴァンギャルド芸術・文学。著書に『イメージの哲学者ラウール・ハウスマン――ベルリン・ダダから〈フォトモンタージュ〉へ』（神奈川大学出版会、二〇一六年）、『〈68年〉の性――変容する社会と「わたし」の身体』（青弓社、二〇一六年）などがある。

小山ゆうな（こやま・ゆうな）

演出家・翻訳家。ドイツ・ハンブルク生まれ。早稲田大学第一文学部演劇専修卒業。二〇一一年にアーティストユニット「雷ストレンジャーズ」を旗揚げ。上演全作品の脚本・演出を手がける。二〇一八年に雷ストレンジャーズ『父』（作：ストリンドベリ）でサンモールスタジオ最優秀団体賞を、二〇一七年に世田谷パブリックシアター『チック』（作：ヘルンドルフ）で読売演劇大賞優秀演出家賞、小田島雄志・翻訳戯曲賞を受賞。

山口裕之（やまぐち・ひろゆき）

東京外国語大学総合国際学研究院教授。専門はドイツ文学・思想、表象文化論、メディア理論、翻訳理論。著書に『ベンヤミンのアレゴリー的思考』（人文書院、二〇〇三年）、『映画を見る歴史の天使――あるいはベンヤミンのメディアと神学』（岩波書店、二〇二〇年）など、翻訳に『ベンヤミン・アンソロジー』（河出文庫、二〇一一年）、フローリアン・イリエス『1913――20世紀の夏の季節』（河出書房新社、二〇一四年）、イルマ・ラクーザ『ラングザマー――世界文学でたどる旅』（共和国、二〇一六年）などがある。

多和田葉子《たわだようこ》の〈演劇《えんげき》〉を読《よ》む——切《き》り拓《ひら》かれる未踏《みとう》の地平《ちへい》

二〇二一年一月八日　初版第一刷印刷
二〇二一年一月一八日　初版第一刷発行

編者　谷川道子・谷口幸代
発行者　森下紀夫
発行所　論創社
東京都千代田区神田神保町二―二三　北井ビル
電話　〇三（三二六四）五二五四　ファックス　〇三（三二六四）五二三二　web. http://www.ronso.co.jp/
振替口座　00160-1-155266

装釘　宗利淳一
組版　フレックスアート
印刷・製本　中央精版印刷

ISBN978-4-8460-1987-7